고전소설과 운명 이야기

* 이 저서는 2021년도 서울시립대학교 교내학술연구비에 의하여 지원되었음.

# 고전소설과
# 운명이야기

서유경 지음

소설 주인공 정수경은 가장 이겨내기 어려운 마지막 위기에 대한 방책만을 받는다. 그 앞의 위기들은 정수경의 판단과 선택에 의해 극복되고 있는 것이다. 이는 〈정수경전〉이라는 소설 작품에 운명 이야기가 수용되면서 단지 점쟁이의 예언이 실현되는 서사가 아니라 소설 속 주인공이 세계와 갈등하며 투쟁하는 서사로 만들어졌음을 보여준다.

(주)박이정

# 머리말

어쩌면 우리 모든 사람들은 운명적 삶을 살고 있다 할 수 있다. 어떠한 인생이든 사람은 태어나서 자라고 살다가 언젠가 죽기 때문이다. 운명을 한마디로 하자면 살고 죽는 것과 관련되는 것이라 할 수 있다. 그래서인지 오랫동안 많은 사람들이 살고 죽는 것, 죽음의 위기를 넘기고 살아가는 법, 잘 살게 되는 운명에 대한 이야기들을 향유해 온 것 같다. 운명 이야기는 말하고 듣는 구비전승의 방식으로 전해지기도 하지만, 여러 문집 등에서 기록되어 전해지기도 한다.

운명 이야기로 분류되는 설화에는 점 보는 이야기, 과거 급제와 관련되는 이야기, 단명할 운명을 가진 사람의 이야기, 보쌈과 관련되는 이야기 등 다양한 내용의 이야기가 있다. 이 글에서는 이 중에서도 점 보는 이야기, 연명하는 이야기, 과거 보러 가는 길에 보쌈 당한 이야기 등을 중심으로 살펴보았다.

　이런 운명 이야기에 적극적인 관심을 갖게 된 것은 〈정수경전〉에 대한 생각 때문이다. 고전소설 〈정수경전〉은 그 유형 분류도 연구자마다 조금씩 다르게 규정한 논의들이 있어서, 〈정수경전〉의 해석에 대해 운명 이야기라는 측면에서 종합적으로 분석할 필요를 느꼈다. 기존에 〈정수경전〉은 여성 영웅소설 〈정수정전〉과 혼동되어 다루어지기도 하고, 송사소설에 속하는 작품으로 연구되기도 하였다. 그러면서 다른 한편으로 운명 설화와 관련 있는 소설로 설명되기도 하였다. 이러한 연구사적 맥락에서 운명 이야기가 다루어진 소설로 〈정수경전〉에 대한 정리가 필요하다고 판단되었다.

　운명에 대한 정의나 관점, 실제 이야기의 양상은 매우 다양하고 그 범위도 꽤 넓어서 하나로 정리하기는 어려워 보인다. 그런데 〈정수경전〉 그리고 〈정수경전〉과 관련지을 수 있는 고전소설 작품들을 중심으로 보면 운명 이야기의 특징적인 양상이 소설로 형상화된 것을 알 수 있다. 운명 이야기는 단편적인 이야기의 모습으로 산재되어 있지만, 〈정수경전〉으로 형상화된 운명 이야기는 정수경이라는 인물을 중심으로 사람의 일생에서 운명이 어떻게 나타나는지를 보여주고, 우리가 인생살이에서 운명에 대해 어떤 태도를 가져야 할지 말해 준다.

운명 이야기를 다루면서 이 책의 제목에서 〈정수경전〉을 내세우지 않고 고전소설이라고 범박하게 정한 것은 〈정수경전〉뿐만 아니라 관련지을 수 있는 여러 작품들에 대한 고려 때문이라 이해해 주시길 바란다. 앞으로 기회가 된다면 운명 이야기를 다루고 있는 다양한 고전소설 작품들에 대해 정리해 보고자 한다.

이 책이 나오기까지 지원해 주시고 도와주신 분들께 진심으로 감사의 말씀을 전하고 싶다. 우선 연구를 허락해 주신 서울시립대학교에 감사드린다. 그리고 이 책의 출판을 맡아 주시고 도와주신 박이정 출판사 박찬익 사장님과 심재진 본부장님을 비롯한 편집진 여러분들께 감사의 말씀을 드린다.


2022년 3월
서 유 경

# 차례

# Ⅰ. 운명과 운명 이야기에 대한 서설

'운명'이라고 하면 맥락에 따라 어떤 한 사람의 일생이라는 범박한 의미로도 사용되지만, 초월적 힘에 의해 어쩔 수 없이 겪어야 하는 인생살이, 살고 죽는 모든 것이 결정되어 있다는 다소 강제적이고 강압적 의미를 지니기도 한다. 이는 운명이라는 말의 함의에 인생의 주체로서의 사람이 선택한 결과라기보다는 선택 이전에 주어진 것이라는 뜻이 포함되어 있기 때문이다. 다시 말해 운명이라고 할 때에는 인생의 주체가 결정하고 제어할 수 없다는 의미를 갖고 있다.

그러니 세상을 살아가는 사람들이 자신의 '운명'에 대해 관심을 가지는 것은 당연하다고 할 수 있겠다. 내가 살아온 인생 혹은 지금 닥치고 있는 사건이나 앞으로 살아갈 인생이 자신이 생각하거나 꿈꾸어서 이루는 삶이 아니라 거역할 수 없는 어떤 위대하고 초월적인 힘에 의해 강제된 것이니 그것에 맞서는 최우선적 방법은 '아는 것'일 뿐이기 때문이다.

운명 이야기는 설화 양식으로도 소설로도 풍부하게 향유되어 왔다. 설화로 전해지는 운명과 관련된 이야기들은 주로 앞으로 닥칠 위험에 대비하는 행동과 사건을 중심으로 그려진다. 그리고 설화라는 양식의 특성상 그 이야기는 단편적으로 서술된다. 서사가 단편적이기 때문에 사건도 비교적 간명하고 그 결과도 금방 나타난다.

이에 비해 고전소설에서 다루어지는 운명 이야기는 훨씬 복잡하고 다층적인 서사로 만들어진다. 이는 설화와 고전소설의 양식적 측면을 고려하면 당연한 것일 수도 있다. 그런데 다양하고 많은 고전소설 작품 중에서도 설화로 전승되고 향유되던 운명 이야기를 수용한 양상이 있어 주목된다. 그 대표적인 작품이 〈정수경전〉이다.

물론 〈정수경전〉의 면모가 운명 이야기와 관련해서만 드러나는 것은 아니다. 〈정수경전〉은 그간 고전소설 유형 분류로는 송사소설로 볼 수 있으며, 주인공에 초점을 맞추면 액운을 이겨낸 운명소설이다. 그런데 고전소설로 만들어진 〈정수경전〉 속에 운명 이야기의 요소가 다양하고 다층적으로 수용되어 있다는 점이 매우 흥미롭다. 이에 이 글에서는 고전소설 중에서 〈정수경전〉을 중심으로 하여 운명 이야기가 어떻게 펼쳐지는지 살펴보고자 한다. 고전소설 속에 담긴 운명 이야기가 존재하는 방식을 서사 구조, 인물의 성격, 주제 등을 중심으로 분석할 것이다. 그리고 이와 같은 고전소설의 양상에서 운명에 대한 당대 향유층의 인식을 도출하고, 이러한 이야기를 통해 경험했을 공감과 위로에 대해 고찰해 보고자 한다.

이를 위해 우선 오랫동안 전승되며 향유된 설화에서 운명 이야기가 어떻게 나타나는지 그 양상을 정리하고 분석할 것이다. 이는 고전소설 속 운명 이야기를 다루기 위한 기본 작업이라 할 수 있다. 그리고 다른 한편으로 설화로 존재하던 운명 이야기가 고전소설과 어떻게 관련되며 새롭게 만들어지는지를 생각해 볼 것이다.

아울러 이 연구에서는 고전소설 속 인물 이야기의 탐색과 아울러 독자에게 끼칠 효용에도 관심을 갖는다. 이는 고전소설을 읽고 연구하는 의미와도 관련이 될 것이다. 〈정수경전〉과 여타의 관련된 소설 작품에서 운명 이야기의 존재는 소설을 읽는 독자에게 긍정적 영향을 끼쳤을 것이기 때문이다.

## 1. 운명 이야기의 개념

◆ 운명에 대한 해석으로서의 이야기

고전소설이 현대인에게도 여전히 유효한 가치가 있는 것은 그 속에 담긴 보편적 진리 때문이라 할 수 있다. 고전소설 속에 제시된 이야기들은 시대적 거리가 먼 현대사회 문화에서도 지속적으로 발생하는 사건들을 포함하고 있으며, 여전히 고민스러운 삶의 문제들을 다루고 있다. 이러한 맥락에서 여기에서는 고전소설에 담긴 운명과 인생에 대한 관점에 주목해 보고자 한다. 그래서 이 연구의 주요 대상은 여러 다양한 한국 고전소설 작품 중에서도 특별히 우리 인생사와 관련지을 수 있는 이야기, 그 중에서도 운명을 다룬 설화와 고전소설이다. 여기서는 가장 먼저 〈정수경전〉을 주목하여 보았다. 그리고 운명 이야기의 관점에서 다룰 수 있는 작품들을 함께 살펴보고자 한다.

모든 사람은 나름대로의 인생을 살아가면서 운명과 맞서기도 하고, 운명을 따라 순응하여 가기도 한다. '운명'이라 함은 사람이 살아가는 데 있어서 초월적 힘[1]에 의해 주어진 인생행로라 할 수 있다. 사전에서 정의하기로는 "인간을 포함한 모든 것을 지배하는 초인간적인 힘. 또는 그것에 의하여 이미 정하여져 있는 목숨이나 처지"가 첫 번째 의미이고 "앞으로의 생사나 존망에 관한 처지"가 두 번째 의미[2]이다. 이러한 정의로 볼 때 두 가지 의미의 차이는 초인간적 힘의 유무이다. 운명에 대한 공통적 의미 규정은 아직 오지 않은 시점에서의 처지에 대한 것이라는 점인데, 운명을 맞이할 주체의 의지와 상관이 없다는 것이다. 어느 의미이든지 간에 '운명'이라고 할 때에는 어떤 주체에게 닥칠 일과 관련되는 것이면서 그 주체가 선택하는 것이 아니라 주어지는 것이라는 의미를 지닌다. 다음에 인용하는 정의는 보다 상세하다.

(가) "인간을 포함한 우주의 일체(一切)가 지배를 받는 것이라 생각할 때 그 지배하는 필연적이고 초인간적인 힘, 또는 그 힘에 의하여 신상에 닥치는 길흉화복."[3]

---

1 철학적으로든, 종교적으로든, 일상적 의미로든 '운명'이라고 할 때에는 인간 혹은 어떤 존재든지 자신이 주체적으로 결정한 것이 아니라 어떤 초월적 힘에 의해 결정된 것을 의미한다.
2 네이버에서 제공하는 표준국어대사전에서 '운명'을 검색한 결과이다.
  https://ko.dict.naver.com/#/entry/koko/29498bd3c8ce48eaa6e3c7f80284356f
3 두산백과
  https://terms.naver.com/entry.naver?docId=1130740&cid=40942&categoryId=31433

(나) "일반적으로 인간에게 주어진 피할 수 없는 결정을 의미하는 말. 숙명과 거의 동의어. 라틴어의 운명은 화툼(fatum)이었는데, 기본적인 의미는 이야기된 것이며, 운명이라는 생각은 예언이나 말의 마력에 대한 신앙으로 증명되어서 발생한 것 같다. 예를 들면 탄생을 지배하는 여신은 태어난 어린이의 미래에 대해서 발언하고, 그 미래를 정하는 것이었다."[4]

(가)에서 운명은 어떤 초인간적인 힘에 의해 지배당하는 인간, 그리고 그 인간이 겪는 길흉화복이라고 말하고 있다. 이는 인간 혹은 우주 전체를 지배하는 어떤 힘을 전제로 하고 있기 때문에 피조물로서의 인간은 자신의 힘으로 제어할 수 없는 길흉화복을 겪어야 함을 의미한다. (나)에서는 운명을 인간에게 주어진 "피할 수 없는 결정"이라 하여, 운명은 인생의 주체인 인간이 스스로 내린 결정이 아니라 이미 이루어진 결정이기에 피할 수 없는 것이라 하고 있다. 이렇게 볼 때, 운명은 인간에게 닥쳐올 '미래'를 의미하는 것이면서, 인

---

4 종교학대사전
https://terms.naver.com/entry.naver?docId=630544&cid=50766&categoryId=50794

고전소설과 운명 이야기

생을 살아가는 인간이 어찌할 수 없이 겪어야 하는 혹은 당해야 하는 것이다. 이러한 운명의 의미로 인생을 바라보면, 자신의 운명을 만든다기보다는 찾기 위해 노력하게 된다.

어떤 사람이든 살아가는 과정에서 운명을 느끼기 마련이다. 그렇기에 소설 속 운명 이야기는 마치 자신의 이야기처럼 다가오기도 한다. 그래서 소설 속 운명 이야기를 통해 독자들은 인생사의 진리를 깨닫기도 하고 현실적 고통을 치유받기도 한다. 이러한 맥락으로 볼 때 고전소설 속 운명 이야기가 어떠한 방식으로 펼쳐지는 양상은 운명에 대한 개별 서사 작품의 저항이기도 하고, 수용이기도 하며, 극복이기도 하다.

그런데 고전소설 속에서 운명이 문제가 되는 것은 그것이 행운이 아닌 고난이나 죽음일 때이다. 비단 고전소설의 경우가 아니라 하더라도 어떤 사람이든 운명적으로 행운이 주어진다고 하면 그것을 피하려고 하지 않을 것이기 때문이다. 인생에서 문제는 내가 선택하지 않은 불행, 고통, 고난이다. 그래서 많은 사람들이 자신이 닥쳐올 불행에 대해 걱정하고 근심하며 대비하기 위해 노력하는 경향이 있다.

〈정수경전〉은 이러한 상황을 단적으로 보여준다. 자신에게 주어진 인생의 길이 죽음의 고비를 넘기게 될 것이라는 예언은 수긍하기 어려운 것일 게다. 그러나 자신이 수긍하거나 수용하는 것과 상관없이 운명의 길은 갑자기 닥쳐온다. 그리고 소설 속 인물들은 그 운명을 따라가거나 저항하면서 주어진 인생을 살아내는 모습을 보여준다.

이렇게 운명 이야기를 다룬 고전소설을 읽는 독자의 입장에서 인물에게 펼쳐지는 고난과 극복의 서사는 그 자체로 매우 흥미로울 것이다. 그런데 무엇보다 운명 이야기가 독자에게 주는 큰 흥미는 이야기 속 인물이 겪는 인생사가 자신의 삶으로 환원될 수 있는 성격을 지닌다는 것에 있다. 그래서 소설 속 인물의 행동이 보여주는 생사화복에 대한 태도와 관점은 독자에게 '당신이라면 어떻게 할 것인가?'라는 질문을 던지고 그에 대한 답을 찾도록 한다.

이러한 맥락에서 볼 때 고전소설 속에 담긴 운명 이야기는 운명에 대한 하나의 해석이라 할 수 있다. 각각의 작품들은 운명에 대한 다양한 해석들을 형상화한 것이라 할 수 있기 때문이다. 그래서 비슷해 보이는 운명을 가진 인물의 이야기라 할지라도 그것에 대응하는 서사가 달라지기도 하고 주제적 의미도 다양할 수 있는 것이다.

◆ 운명 이야기의 범주

설화문학 연구에서는 흔히 운명 이야기라는 말보다는 운명담이라는 용어를 사용해 왔다. 운명담이나 운명 이야기는 표현상 차이일 뿐 그 지칭하는 의미는 동일하다 할 수 있겠다. 『한국민속문학사전』에서는 운명담을 이렇게 정의한다.

> "초월적으로 정해진 운명이 그대로 실현되었다거나 혹은 어떤 종류의 방도를 모색하여 선천적으로 타고난 운명을 바꾸었다는 내용을 가진 이야기"[5]

이러한 정의는 운명 이야기로 간주할 수 있는 이야기의 요건으로서 "운명의 실현"이나 "운명을 바꾸는" 내용으로 제한하고 있다. 그러면서 이야기 속에 사주나 운명 등이 들어 있다 하더라도 서사 전개에서 핵심적인 역할을 해야 운명담이라 할 수 있다고 상술하고 있다. 이는 운명 설화라는 범주로 포함시킬 수 있는 이야기의 내용 요소를 제시한 것이라 할 수 있다.

---

5 https://terms.naver.com/entry.naver?docId=2120313&cid=50223&categoryId=51051

이 글에서 운명 이야기라고 한 것은 위에서 설명한 운명
담과 동일한 것이며, 설화에 속하는 운명 이야기뿐 아니라
고전소설과 아울러 다루면서 포괄적으로 지칭하고자 한다.
운명 이야기는 그 자체로 설화 양식과 가장 근접하다. 그래
서 운명 이야기는 설화에서 자주 만날 수 있다. 그런데 운명
이야기가 고전소설 속에 수용되면서 세부 서사로 편입되기
도 하고 변용되기도 하며 새로운 서사를 창출하기도 한다.
이는 설화로 존재하던 단편적 운명 이야기가 보다 복잡한 서
사로 들어가면서 인생에 대한 안목과 관점을 제시하는 방식
을 다양하고도 흥미롭게 하는 양상이라 할 수 있다. 이렇게
고전소설 속에 수용되어 존재하는 운명 이야기는 주로 사건
의 단초나 실마리를 제공한다.[6]

이에 이 글에서는 운명 이야기를 이야기 속 인물에 대해
운명으로 예언된 것이 서사로 실현되는 것으로 범주화하여

---

6 이강옥은 야담을 대상으로 하여 운명이라는 요소가 서사적 기제로
작동한다고 보았다. 이강옥은 운명 야담을 '운명의 소급적 작동기제'
와 '운명의 형성적 작동기제'로 나누어 이를 논증하였다. 운명의 소급
적 작동기제는 이미 일어난 사건을 재해석하며 운명을 끌어오는 것이
고, 운명의 형성적 작동기제는 사건이 시작될 때부터 운명을 끌어들
이는 것이다(이강옥, 「야담에 작동하는 운명의 서사적 기제」, 『국어국
문학』 171, 국어국문학회, 2015, 324쪽.).

다루어보고자 한다. 운명 이야기를 설화 작품들에서 찾아 연구한 정재민은 운명 설화를 대상화하면서 "운명 설화란 개인의 운명을 소재로 하여 운명의 실현이나 변역(變易)을 중점적으로 다룬 이야기"[7]로 정의하였다. 이강옥은 야담의 서사적 기제를 운명을 중심으로 설명하면서 "운명(運命)이란 세상 모든 것을 지배하는 초월적 존재의 계시를 뜻한다. 또 초월적 존재에 의해 정해진 사람의 수명이나 부귀의 양상을 지칭하기도 한다."[8]라고 하였다.

운명 이야기를 범주화하면서 설화를 먼저 이야기하게 되는 것은 양식 발달의 역사를 고려할 때 설화로 향유되던 이야기가 소설로 수용되었다고 보는 것이 타당할 것이기 때문이다. 물론 소설로 읽거나 들은 이야기를 설화로 구연하는 경우도 있으나 운명 이야기의 경우 다양하게 향유되던 운명 이야기의 요소가 소설에 다층적으로 구조화되며 수용되었다고 보는 것이 자연스럽다고 판단되었다.

여기서 다루는 문학작품에서 문제가 되는 운명은 행복이 아니라 죽음, 재앙, 고난과 같은 피하고 싶은 미래와 관련된

---

7 정재민, 『한국 운명설화 연구』, 제이앤씨, 2009, 26쪽.
8 이강옥, 「야담에 작동하는 운명의 서사적 기제」, 『국어국문학』 171, 국어국문학회, 2015, 320쪽.

다. 설령 사랑과 같은 로맨틱한 서사라 할지라도 예비된 고난을 극복하고 운명이 성취된다든지, 어긋난 운명을 바꾸어 보려다가 어떻게 된다든지 하는, 괴로움, 재앙, 고난과 같은 어려움과 맞물려 있다. 그래서 운명 이야기는 주로 죽음을 피해 연명하는 방법을 모색하거나 닥쳐올 고난을 피하는 방법을 강구하는 서사로 나타난다.

앞으로 살펴보겠지만 고전소설 속에서 운명이 제시되는 방식은 주로 천상계, 초월계의 직접 개입이나 점복이나 예언과 같이 천상계, 초월계를 매개하는 존재에 의해서이다. 문제는 이렇게 제시된 운명에 대해 인물이 어떻게 대처하는가, 혹은 그 운명이 어떻게 실현되는가이다. 이것이 중요한 것은 운명 이야기가 결국 인생에 대한 관점을 드러내기 때문이다. 소설 속 인물이 운명을 수용하고 따라가는가, 주어진 운명을 어떻게든 바꾸고 극복해 보고자 하는가 하는 양상은 각자에게 주어진 인생을 어떻게 바라볼 것인가 하는 과제를 던진다.

◆ 운명 이야기로 고전소설 읽기의 의의

　고전소설 속 운명 이야기에 대한 고찰은 고전소설 향유의 측면에서 운명에 대한 인식을 알 수 있다는 점에서 중요한 의의가 있다. 이미 설화로 향유되고 있던 이야기를 소설 속에 수용하면서 등장인물들의 인생과 그들이 겪는 운명적 사건들을 통해 운명에 대한 인식을 드러내기 때문이다. 고전소설의 서사 전개 속에서 주어진 운명에 따라 인물이 겪는 고난이 제시되는데, 그 고난에 대한 인물의 태도와 행동에서 운명에 대해 어떠한 인식과 태도를 갖고 있는지를 알 수 있다. 동시에 그러한 운명에 대한 태도는 당대의 향유자에게 공감이나 저항을 불러일으켰을 것이며, 현대의 독자에게도 마찬가지의 문제를 제기한다. 여기에 고전소설 속 운명 이야기의 분석과 해석이 지금 여기에서도 의미를 갖는 의의가 있다.

　또한 운명에 대한 고찰은 소설 속 운명 이야기를 통해 소설 향유자들이 경험할 공감과 위로의 방식을 찾을 수 있다. 이는 고전소설 속 운명 이야기가 가지는 기능과 효용이라고 할 수 있으며, 마찬가지 맥락에서 현대의 우리에게도 의미가 있는 점이다.

한편 고전소설 속에 존재하는 운명 이야기를 조망하는 작업은 고전서사 문학사 측면에서 의의를 지닌다. 설화로 향유되던 이야기가 고전소설의 서사로 자리 잡으면서 어떤 서사적 기능을 하였는지, 고전소설 속 운명 이야기를 통해 작품의 의미가 어떻게 해석될 수 있는지 살펴봄으로써 고전소설의 통시적 향유 양상을 알 수 있다.

정리하자면, 이 연구는 고전소설 속에 나타난 운명 이야기의 존재 양상을 분석하고, 운명 이야기의 서사화 방식을 통해 운명에 대한 인식과 작품의 주제 의식을 도출해 보고자 하는 것이다. 그리고 고전소설 속 운명 이야기가 갖는 효용을 살펴보는 것을 목표로 한다. 이러한 연구는 일차적으로 고전소설 속 운명 이야기가 개별 작품 속에서 어떠한 양상으로 나타나는지를 고구하는 의의가 있다. 그리고 여기서 나아가 고전소설 속 운명 이야기의 서사문학사적 의의와 현대 문화적 의미를 도출하는 의의가 있다.

## 2. 운명 이야기 관련 연구

운명 이야기에 대한 연구는 주로 설화를 중심으로 이루어졌다. 운명 이야기의 출발이 설화임을 고려하면 이는 당연하다고도 할 수 있다. 운명 이야기를 중심으로 다룬 석·박사학위 논문도 나왔다는 점을 고려하면 운명 설화 연구가 어느 정도 성과를 이룬 것이라고도 할 수 있을 것이다. 이와 관련된 연구들은 주로 운명 설화, 점복 설화, 연명 설화와 같은 범주에서 관련된 설화를 유형화하고 운명에 대한 인식을 도출하는 방식으로 이루어졌다.

◆ 운명 설화 관련 학위논문

운명 설화에 대한 박사학위 논문은 「한국 운명 설화에 나타난 운명관 연구」(정재민, 서울대학교 대학원 박사학위논문, 1998)를 대표적으로 들 수 있다. 이 논문에서는 운명에 대한 대응 방식으로 운명 설화의 유형을 나누었는데, '운명실현형'과 '운명변역형'이 그것이다. 그리고 운명실현형은 '타고난 운명대로 불행해지기', '타고난 운명대로 행복해지기', '변역이 좌절되어 불행해지기', '변역이 좌절되어 행복해지기' 등으로, 운명변역형은 '타력으로 불운을 변역하기', '타력·자력으로 불운을 변역하기', '자력으로 불운을 변역하기' 등으로 구분하였다.

이러한 운명 설화의 유형들은 운명에 대한 사람들의 대응 방식을 보여주는 것으로 보아 운명에 대한 관점으로 설명하고 있다. 정재민의 연구는 운명을 다룬 다양한 설화 작품들을 유형화하면서 운명관을 논하였다는 의의가 있다. 이 연구에서 운명 설화로 범주화할 수 있는 요건을 제시하였으며, 여기에 속하는 다양한 설화를 유형화하고 분석함으로써 설화 문학에 담긴 운명 이야기의 양상을 세밀하게 살피고 있다.

이 연구 이후의 박사학위 논문으로 「한중 운명 설화 비교 연구」(박명숙, 서울대학교 대학원 박사학위 논문, 2007)를 들 수 있다. 이 연구는 정재민의 운명 설화 유형을 수용하면서 운명 실현형 설화에 속하는 유형으로 단명 설화, 다남운 설화, 천생연분 설화, '제 복에 산다'형 설화를, 운명변역형 설화에 속하는 유형으로 연명 설화, 차복 설화, 구복여행 설화를 제시하였다.

단명 설화는 이야기의 주된 내용이 인간이 자신의 죽을 운명을 피하려고 해도 결국은 정해진 운명대로 죽음을 맞는다는 인간의 수명, 다시 말해 생사와 관계된 유형이다. 다남운 설화는 다남운을 갖고 태어난 주인공이 그러한 운명에서 벗어나려고 하였지만 결국은 실패하여 원래의 운명대로 자식을 많이 낳고 잘 살았다는 이야기 유형이다. 천생연분 설화는 하늘이 정해준 배필, 즉 천생연분과 결혼하여 행복하게 잘 살았다는 이야기 유형인데, 그 과정은 설화에 따라 주인공이 순순히 따르기도 하고 천생연분을 거부하기도 하는 차이를 보인다. '제 복에 산다'형 설화는 복이 많은 여인(딸이나 아내)이 가장(아버지 혹은 남편)과의 갈등으로 집에서 쫓겨나고, 가난한 남자와 결혼하여 살다가 부유하게 잘 산다는 이야기 유형이다.

연명 설화는 이야기의 인물에 대한 죽을 운명에 대해 알게 된 후 그 죽을 운명을 피할 방책을 얻어 그대로 실행함으로써 죽어야 할 운명에서 벗어나 연명한 이야기 유형이다. 연명 설화의 경우 죽을 운명을 피해 연명할 수 있는 방책이 점쟁이나 도사 등을 통해 제시된다. 차복 설화는 가난하게 살던 사람이 재물운이 많은 사람의 재물 혹은 복을 임시로 빌려 잘 살게 되었다는 내용의 이야기 유형이다. 구복여행 설화는 가난한 사람이 복을 얻기 위해 신을 만나는 여행을 다니다가 여행길에서 받은 부탁을 신을 만나 해답을 받아 전해주는 과정에서 복을 얻게 된다는 이야기 유형이다.

박명숙의 연구는 이러한 운명 설화의 유형에 따라 한국과 중국의 운명 설화를 비교하며 운명의식의 공통점과 차이점을 도출하고 이를 문화적 기반과 관련지어 논하였다는 의의가 있다.

석사학위 논문으로는 「〈연명 설화〉 연구」(오수정, 한국교원대학교 대학원 석사학위 논문, 2003)와 「연명 설화연구」(조길상, 창원대학교 대학원 석사학위 논문, 2004) 등을 들 수 있다. 오수정의 연구는 연명 설화에 대해 "주인공이 모종의 방책을 실현하여 죽음을 극복하고 행복을 획득하는 내용의 이야기"로 범주화하였다. 이는 연명을 수명 연장 욕구로 본 것으로 단명이라는 결핍 요소가 전제되어야 한다고 보았다. 오수정은 연명 설화의 전승 양상을 '초월적인 존재의 도움으로 연명하기'와 '이인의 도움으로 연명하기' 등으로 살피면서, 초월적인 존재의 도움으로 연명하는 유형으로는 부활형과 치성형으로, 이인의 도움으로 연명하는 유형을 퇴치형, 문복형, 고행형, 혼인형으로 나누었다. 그리고 연명 설화의 구조와 의미를 순차구조, 순환구조, 탐색구조를 나누어 살피면서 전승 집단의 의식을 고난 극복의 의지를 강조하고, 인정을 강조하며, 현세 중심적인 사고를 표현한 것으로 보았다.[9]

조길상은 연명 설화를 내용 측면에서 규정하여 등장인물이 제시되고, 단명이 예언되며, 연명할 방도가 나오고, 연명을 획득하게 되어 이후 등장인물의 모습이 제시되며 마무리되는 순차 단락을 가진다고 보았다. 이러한 연명 설화의 내용에서 단명 예언, 연명 방도, 연명 획득을 연명 설화 유형의 특징적 자질로 선정하고, 연명 방도를 중심으로 기원형, 보은형, 혼인형, 기아형 등으로 나누고 결말 비교를 통해 의미를 논하였다. 이 연구에서는 "초월적인 존재에게 기원하여 연명하게 되는 유형을 '기원형'이라 하며, 선을 행한 보답으로 연명하게 되는 유형을 '보은형'이라 하고, 남성보다 우월적 지위를 가진 여성이 남성을 연명시키고 혼인하는 유형을 '혼인형'이라 하며, 어린 나이에 집을 떠나 우여곡절을 격고 연명을 획득하는 유형을 '기아형'"10으로 규정하고 있다.

한편 「연명담을 수용한 고소설의 '조력자' 연구」(김영혜, 한국교원대학교 대학원 석사학위 논문, 2007)는 연명 설화를 고전소설과 관련지은 연구이다. 고전소설에 수용된 연명 설화를 연

---

9 오수정, 「〈연명 설화〉 연구」, 한국교원대학교 대학원 석사학위 논문, 2003.

10 조길상, 「연명 설화연구」, 창원대학교 대학원 석사학위 논문, 2004, 103쪽.

명담이라 지칭하고 "단명할 운명으로 태어난 남주인공이 주변인들의 도움으로 도액하여 연명하는 이야기"로 규정하였다.[11] 그리고 연명담을 수용한 고전소설 작품들, 〈십생구사〉, 〈이운선전〉, 〈홍연전〉, 〈전관산전〉, 〈사대장전〉, 〈반필석전〉 등을 대상으로 조력자 유형을 분석하였다.

　이들 연구는 운명 이야기로 다룰 설화 작품들의 범위와 유형들을 제시해 준다. 이 연구들에서 다양한 설화 작품들 중에서 운명 설화에 포함될 요건들을 찾을 수 있다. 그것은 이야기 속 등장인물의 미래에 대한 예언, 인물에게 닥칠 운명적 사건에 대한 대비, 인물이 자신에게 다가온 운명에 대해 취하는 행위 등이다. 이렇게 운명 이야기로 범주화할 수 있는 내용 요소들을 통해 고전소설에 수용된 양상을 분석해 볼 수 있다. 그리고 고전소설 내에서 운명 이야기가 작동하는 방식이나 의미를 생각해 볼 수 있다.

11　김영혜, 「연명담을 수용한 고소설의 '조력자' 연구」, 한국교원대학교 대학원 석사학위 논문, 2007, 1쪽.

◈ 운명 설화의 하위 설화 유형 연구

운명과 관련한 설화 연구로는 점복 설화[12], 과거 설화[13],
연명 설화[14], 혼인이나 보쌈 설화[15] 등에 대한 것이 있다. 운

---

12 점복 설화에 대한 연구로 다음을 들 수 있다.
   김광진, 「점복 설화의 서사적 수용 양상」, 『청람어문학』 10, 청람어문
   학회, 1993, 38-64쪽.
   이미현, 「점복(占卜) 설화 활용 전통문화 교육방안」, 『동아인문학』
   49, 동아인문학회, 2019.
   박용식, 「복술설화고」, 『겨레어문학』 9·10, 건국대국어국문학연구
   회, 1985, 115-129쪽.
   황인순, 「추리와 예견의 통합적 구조와 의미 연구 - 황백삼류 설화와
   소설 〈정수경전〉을 중심으로」, 『리터러시 연구』 12권 6호, 한국 리
   터러시 학회, 2021, 561-594쪽.
       박진태는 점을 쳐서 길흉을 확인하는 방식으로 운명을 다룬 이
   야기는 아니지만, 미래에 대한 어떤 징조나 예시를 두고 이루어진
   해석이나 운명이 결정된 이야기를 논의하기도 하였다(박진태, 「전
   조(前兆) 설화의 서사구조와 사고방식」, 『비교민속학』 46, 비교민속
   학회, 2011, 511-541쪽).
13 과거 설화에 대한 연구로 다음을 들 수 있다.
   김소영, 「과거 설화의 유형과 의미 연구」, 『문창어문논집』 49, 문창어
   문학회, 2012, 5-45쪽.
   김혜미, 「구비 설화 〈과거 길의 죽을 수 세 번〉에 나타난 죽음의
   위기와 청소년기 성주체성 획득의 의미」, 『문화와 융합』 42, 한국문
   화융합학회, 2020.
   손지봉, 「韓·中 科擧說話 비교 연구」, 『口碑文學硏究』 18, 한국구비
   문학회, 2004, 237-269쪽.
14 연명 설화에 대한 연구로 다음을 들 수 있다.
   소인호, 「연명 설화의 연원과 전개 양상 고찰」, 『우리문학연구』 12,

명 설화로 말할 수 있는 설화들로 점복이나 과거 보러 가는 길, 연명이나 단명, 혼인이나 보쌈을 다룬 이야기를 드는 것은 이러한 이야기 요소를 통해 등장인물의 운명이 실현되거나 운명이 바뀌는 서사가 전개되기 때문이다. 이러한 연구들이 산견되는 것은 운명 설화라는 범주가 아직은 공고하게 체계화되어 있지 않고, 여러 설화들에서 주요 모티프를 중심으로 연구가 이루어진 데에서 비롯된 것으로 보인다. 그리고 다양한 이야기 양식에서 운명론에 대해 개별적으로 접근하고 있기 때문이라 할 수 있다.

우리문학회, 1999, 113-125쪽.

정규복, 「연명 설화고」, 『어문논집』 11권 1호, 안암어문학회, 1968, 7-21쪽.

정재민, 「연명 설화의 변이양상과 운명인식」, 『구비문학연구』 3, 한국구비문학회, 1996, 349-378쪽.

최래옥, 저승설화연구, 국어국문학 93, 국어국문학회, 1985, 459-462쪽.

15 김정애, 설화 〈부부 동침으로 지킨 명당〉에 나타난 운명 바꾸기의 문학치료학적 의미-영화 〈컨트롤러〉와의 서사 비교를 통하여」, 『문학치료연구』 37, 한국문학치료학회, 2015.

김혜미, 「구비설화 〈삼정승 딸 만나 목숨 구한 총각〉에 나타난 죽을 운명과 그 극복의 의미」, 『겨레어문학』 62, 겨레어문학회, 2019, 5-30쪽.

이영수, 「보쌈 구전설화 연구」, 『비교민속학』 69, 비교민속학회, 2019, 263-298쪽.

이영수, 「혼인을 통한 운명의 변역-'삼정승 딸을 얻은 단명소년'형 설화를 중심으로-」, 『비교민속학』 67, 비교민속학회, 2018, 263-295쪽.

점복 설화는 "점을 쳐서 자신의 길흉을 미리 알아본 사람이 겪게 되는 사건을 다룬 이야기"[16]라 할 수 있다. 점을 보는 일은 민간 신앙으로 존재하던 무속에 바탕을 둔 것이지만 자신의 앞일에 대한 대비 차원이나 궁금증의 발로에서 일상적으로 흔히 이루어졌던 것으로 보인다. 김광진은 「점복 설화의 서사적 수용 양상」(『청람어문학』 10, 청람어문학회, 1993, 38-64쪽)에서 점복 설화의 개념을 정의하고 구조와 의미를 논하였다. 이 연구에서 점을 보고 목숨을 구한 점복 설화는 세계적으로 넓게 퍼져 있는 유형의 설화로서 주인공이 집을 떠나고, 점쟁이에게서 점괘를 사고, 점괘대로 주인공이 위기에 처하고, 점괘를 해독하거나 금기를 지켜 목숨을 구하고 행복한 결말을 맞이한다는 구조를 가진다고 하였다. 그리고 이는 순환구조의 원리로서 입사식의 의미를 지니며, 대립과 반복의 원리를 지닌다고 하였다. 이어서 이러한 점복 설화가 어떻게 고전소설에 수용되었는지를 〈정수경전〉과 〈황백삼 잡은 이야기〉를 중심으로 분석하였다.

과거 설화는 "과거(科擧) 모티프를 중심축으로 하여 전개

---

16 김광진, 「점복 설화의 서사적 수용 양상」, 『청람어문학』 10, 청람어문학회, 1993, 40쪽.

되는 일련의 설화"[17]로 범박하게 정의할 수 있다. 우리 설화에 과거에 대한 이야기가 많은 것은 과거제도가 요즘으로 말하자면 국가고시 중 신분 상승이 가능한 공식 시험이기 때문에 많은 사람들이 과거 시험에 운명을 걸고 살았던 데에서 이유를 찾을 수 있다. 그래서 다음과 같은 관점으로 과거 설화를 다룰 수 있다.

"과거는 신분제 사회의 제도이므로 현실의 관점에서 보면, 과거 설화에는 신분제 사회의 특징이 반영되어 있다. 신분제 사회는 개인의 의지와 능력보다는 정해진 신분에 의해 인생이 정해지게 되므로 과거 설화에는 운명론적 세계관이 반영되었을 것으로 추정할 수 있다. 그러나 설화적 관점에서 보면, 설화란 현실적 한계를 넘어서서 서민들의 꿈과 이상을 담는 이야기라는 점에서 운명을 극복하고 성공을 성취하는 이야기가 된다."[18]

---

17 김소영, 「과거 설화의 유형과 의미 연구」, 『문창어문논집』 49, 문창어문학회, 2012, 7쪽.

18 손지봉, 「韓・中 科擧說話 비교 연구」, 『口碑文學硏究』 18, 한국구비문학회, 2004, 238-239쪽.

고전소설과 운명 이야기

김소영은 과거 설화에 담긴 과거모티프가 "응과의 동기, 학습과정, 과행길, 과제의 제시와 답안 작성, 급락 등의 과정에서 주인공이 겪게 되는 사건" 등을 중심으로 한다고 하면서, 우리나라의 과거 설화는 대부분 급락에 관한 이야기라고 정리하고 있다. 그래서 급락의 계기를 과거 설화 유형 분류의 기준으로 삼되, "과거를 모티프로 하는 이야기 중에서, 과거모티프가 전체 서사를 지배하는 중심적 역할을 하는 설화"로 한정하여 논의하고 있다.[19] 이는 과거에 관한 이야기라는 점에서 보면 과거 설화는 운명 이야기의 하나이기도 하지만 박문수 이야기와 같은 암행어사의 영웅적 행위나 송사를 다룬 이야기이기도 하기 때문이다.

김소영은 과거 설화를 급락의 계기에 따라 유형을 네 가지로 분류하였다. 그 네 가지는 1) 예언과 징조에 의해 급제하는 '예징급제형', 2) 현실에서 일어나기 힘든 초현실적 존재의 원조에 의해 급제하는 '원조급제형', 3) 개인이 가진 뛰어난 능력과 행운으로 급제하는 '능력급제형', 4) 뇌물을 써서 시관과 결탁하는 것과 같은 부정한 방법으로 급제하는

---

19 김소영, 「과거 설화의 유형과 의미 연구」, 『문창어문논집』 49, 문창어문학회, 2012, 7쪽.

'부정급제형' 등이다.

과거 설화가 운명 이야기의 하나가 될 수 있는 것은 이야기의 주인공이 과거 급제에 이르는 과정과 결과에 운명이 작용한다는 향유층의 관점이 표현된 것이라 할 수 있기 때문이다. 과거 설화에서 과거급제가 예언이나 징조가 실현된 것으로 서사가 전개되는 것이나 초현실적 존재의 원조에 의해 주인공이 과거에 급제하는 것, 뜻밖의 행운으로 과거에 급제한다는 등의 이야기는 과거급제가 운명에 의한 것이라 볼 수 있을 만큼 어렵고 중요한 일이라는 인식의 반영으로 볼 수 있다.[20]

연명 설화는 한마디로 말하면 단명할 사람이 연명하게 되는 이야기이다. 정규복은 ""단명 설화"의 명칭을 改稱하여 "연명 설화"라고 명명"하였다고 했으며[21], 정재민은 다음과 같이 정리하였다.[22]

---

20 손지봉의 연구는 한국과 중국의 과거 설화 비교를 통해 동일한 과거 급제에 대한 이야기라 할지라도 향유층에 따라 운명론의 대상으로 삼을 수도 있고 그렇지 않을 수도 있음을 보여준다(손지봉, 「韓·中 科擧說話 비교 연구」, 『口碑文學硏究』 18, 한국구비문학회, 2004, 237-269쪽).

21 정규복, 「연명 설화고」, 『어문논집』 11권 1호, 안암어문학회, 1968, 7쪽.

22 정재민, 「연명 설화의 변이양상과 운명인식」, 『구비문학연구』 3, 한국

"연명 설화는 短命할 運命을 타고난 사람이 모종의 방도를 시도하여 益壽延命한다는 내용을 가진 일군의 이야기이다. 즉 '단명'이라는 불운과 액운의 극복을 다루는 운명극복담 중의 하나이다. 따라서 이들 설화는 운명의 예언과 극복을 중심으로 이루어져 있고, 그 속에는 운명에 대처하는 전승 집단의 습속과 인식이 반영되어 있다."

연명 설화에 대한 정의를 볼 때에 이러한 유형의 이야기는 원래의 운명이 단명할 것으로 정해진 주인공에 대한 설화이다. 그리고 대체적으로는 단명할 운명을 어떤 방법을 통해 극복해 내는 이야기이다. 연명 설화는 단명이라는 불행, 쉽게 바꿀 수 없는 예정된 운명을 어떻게 바꿀 수 있었는가에 대한 것이기에 매우 다양하면서도 풍부하게 전승되고 있다고 할 수 있다.

연명의 방법은 설화마다 다르게 제시된다. 그중에 저승을 다녀온다는 독특한 이야기 유형이 있다. 이를 기존 연구에서는 저승 설화 혹은 저승체험담[23]이라고 부르는데, 이러한 유

---

구비문학회, 1996, 350쪽.

23 소인호는 저승에 대해 "한국인에게 있어 저승은 이승의 대립적 개념이 아니다. 우리 민족은 전통적으로 생과 사를 대립적 개념으로서가

형의 설화에서 올바른 인생을 살아갈 방도로 저승 이야기를 다루면서도 연명 즉 유한한 인생의 연장이라는 측면에서 제시되기도 한다는 점이 논의되기도 하였다.[24] 그런데 저승 설화가 모두 연명담으로 연결되지는 않아서 저승 설화가 곧 연명 이야기와 같은 종류의 운명 이야기라고 할 수는 없어 보인다.[25]

사람은 누구나 태어나면 죽을 운명에 처해 있다. 그렇지

---

아니라 상호 공존하는 관계로 파악했다. 저승은 이승과 끊임없이 관계를 맺음으로써 그 의미를 부여받을 수 있다."라고 하며, 저승체험담이 우리 서사문학사에서 어떻게 전승되는지를 살핀 바 있다. 이 논의에서 저승체험담이 후대로 전승되면서 다양한 양식, 작품으로 새로이 만들어지고, 연명소설로 이행해 가는 과정을 알 수 있다 (소인호, 「저승체험담의 서사문학적 전개 : 초기소설과의 관련 양상을 중심으로」, 『우리문학연구』 27, 우리문학회, 2009, 103-130쪽.).

24 최래옥은 "인생을 사는 올바른 길을 다시금 제시하기 위하여 저승 설화는 존재한다."고 하면서 "유한한 인생을 연장하고 싶은 간절한 소원에서 해학적인 나이 고치기가 생긴다. 또는 저승을 이승의 연장으로 인정한다."는 특성을 서술한 바 있다(최래옥, 「저승 설화연구」, 『국어국문학』 93, 국어국문학회, 1985, 461쪽.).

25 이영수는 저승 설화의 전승 양상을 정리하면서, 생전에 수명을 연장하는 이야기, 죽었다가 다시 살아난 이야기, 저승에 정주하는 이야기로 유형화하였다(이영수, 「저승 설화의 전승 양상에 관한 연구」, 『비교민속학』 33, 비교민속학회, 2007, 535-574쪽.). 이들 저승 설화 유형에서 연명 이야기와 가장 관련이 깊은 것은 생전에 수명을 연장하는 이야기이다. 이영수는 생전에 수명을 연장하는 이야기의 하위 유형으로 '인정 쓰고 수명 연장하기'와 '영육분리 막고 수명 연장하기'를 들었다.

만 어떤 사람도 자신이 언제 죽음을 맞을지 알 수가 없다. 그러하기에 자신이 언제 죽을 것인가 하는 문제는 매우 중요하면서도 궁금한데, 어떤 기회에 죽을 날을 알게 되었다면 이를 막을 방법을 구하게 되기 마련이다. 누구에게나 죽음의 순간은 예견되었든 그렇지 않든 간에 절체절명의 상황이며, 만약 미리 그러한 때를 알게 된다면 대비할 방법을 강구하게 될 것이다. 연명 설화는 이러한 상황을 다루고 있어서 단명할 운명을 가진 사람이 어떻게 그 운명을 맞이하고 극복해 내는가 하는 서사가 많은 사람들의 관심을 끌고 흥미를 불러일으켰을 것으로 보인다.

앞서 운명 설화와 관련하여 잠깐 살펴보았듯이, 단명할 운명을 극복하는 방법은 설화마다 다양하게 제시된다. 단명할 운명을 바꿀 수 있는 방법 중에서 혼인이 제시되는 일군의 설화들이 있다. 이들 설화는 자신의 단명운을 바꾸기 위해 어떤 적극적인 행위를 통해 혼인이나 보쌈을 시도하고 그에 따라 운명이 실현되기도 하고 바뀌기도 한다. 혼인 설화나 보쌈 설화는 제재의 측면에서 볼 때 일군의 작품들이 전승되고 있다. 그런데 여기서 관심을 갖고 있는 혼인 설화와 보쌈 설화는 운명 이야기와 관련되는 경우이다.

혼인 설화의 다양성에 대해 이영수의 논의를 참조할 수

있다.[26]

"혼인을 중요시했던 사회적 풍토가 이처럼 다양한 형태의 혼인 설화를 양산한 것으로 보인다. 구전설화에 등장하는 혼인의 행태를 정리하면, 주인공이 상대방을 기만하거나 계교를 꾸며 혼인이 이루어지기도 하고, 남녀 주인공 간의 운명적인 만남을 통해 성사되기도 한다. 부모가 자식의 앞날을 위한다는 명목 아래 영리한 총각이나 현명한 처녀를 배우자로 선정하기도 하고, 부모나 시부모가 청상과부 딸 혹은 과부 며느리의 인생을 안타깝게 여겨 사람들의 눈을 피해 몰래 재가시키거나 이와 반대로 자식이나 며느리가 상처한 부모나 시부모의 외로움을 달래주기 위해 은밀하게 혼인을 추진하기도 한다. …(중략)… 보쌈에 의해 강압적인 형태로 혼인이 이루어지기도 한다."

이렇게 다양한 혼인 설화 중에서 보쌈 설화는 혼인이 이루어지는 특정한 방법, 즉 보쌈과 관계되는 이야기이다. 보

---

26 이영수, 「보쌈 구전설화 연구」, 『비교민속학』 69, 비교민속학회, 2019, 264-265쪽.

쌈은 자발적이기보다는 외부적 힘에 의해 약탈적으로 이루어지는 혼인이고, 합법적 혼인이 아님에도 불구하고 여러 지역에서 드러나지 않게 행해졌던 것으로 보인다.[27] 이영수는 총 44편의 보쌈 구전설화를 대상으로 하여 정리하기를 과부 보쌈 이야기는 38편으로 가장 많고, 총각 보쌈 관련하여서는 4편, 처녀 보쌈 이야기는 2편이라 하였다.[28] 보쌈 설화의 구체적인 편수는 대상 자료집의 확대나 채록 현황에 따라 훨씬 더 늘어날 것이다. 그렇지만 이러한 편수의 분포는 구전설화로 전승되는 보쌈 설화의 대부분은 과부 보쌈과 관련된다는 것을 말해준다.

한편 총각 보쌈 설화는 보통 처녀의 액막이를 위해 이루어진 것으로 보인다. 그리고 총각 보쌈을 당한 사람들은 주로 지방에서 서울로 과거 보러오는 선비들이었다는 이야기들이 많다.[29] 처녀의 액막이라는 것은 과부될 팔자, 즉 상부

---

27 "보쌈은 일종의 약탈혼으로, 비록 합법적인 혼인방법은 아니었지만 여러 지역에서 은밀하게 행해지던 혼인 풍습의 하나였음을 알 수 있다"(이영수, 「보쌈 구전설화 연구」, 『비교민속학』 69, 비교민속학회, 2019, 266쪽).

28 이영수, 「보쌈 구전설화 연구」, 『비교민속학』 69, 비교민속학회, 2019, 270쪽.

29 이영수, 「보쌈 구전설화 연구」, 『비교민속학』 69, 비교민속학회, 2019, 285-286쪽.

살을 막기 위한 용도를 말한다. 이는 가짜 혼인을 통해 상부살을 제거하고 진짜 혼인을 하고자 하는 것이다.

이러한 보쌈 설화가 운명과 관련되는 것은 보쌈을 당하는 사람이든 보쌈을 하는 사람이든 정해진 운명이 바뀌는 이야기이기 때문이다. 보쌈을 당하는 사람은 보쌈 때문에 자신이 예정했던 인생행로를 가지 못하는 것이고, 보쌈을 행하는 주체는 보쌈을 통해 자신에게 예정되어 있던 불행한 운명에서 벗어나게 된다. 이는 보쌈이 운명을 바꾸는 시도라는 것을 말해준다.

이러한 연구들은 운명을 다룬 다양한 설화들을 대상으로 수집, 분석하면서 운명이 다루어지는 방식을 유형화하여 제시하고 있다. 이들 연구는 설화에서 운명이 어떻게 제시되는지, 그러한 이야기를 통해 당대의 향유층이 운명을 어떻게 인식하고 있는지를 알 수 있는 의의가 있다.

◆ 운명론적 관점

한편 운명 이야기라는 양식적 특성에 주목하는 것이 아니라 그러한 이야기에 담긴 사람들의 생각, 즉 운명론의 측면에서 생각해 볼 수 있다.[30] 운명론이라고 하면 문학뿐만 아니라 철학, 인문사회학 전반으로까지 범위가 넓어질 수 있는 문제이다. 그런데 운명 이야기와 관련되는 운명론은 심오한 철학이나 과학의 문제일 수도 있지만 기본적으로 사람살이에 관한 것이다. 사람이 태어나서 언제 죽을 것인지, 어떤 일을 겪게 될 것인지, 행복할지 불행할지 등 알 수 없는 인생의 전개에 대해 누구나 궁금해 할 문제인 것이다. 우리 문화에서 운명론은 소위 팔자라고 부르기도 한다. 운명론이 매우 일상적으로 정착되어 있다고 할 수 있는 것도 이러한 맥락에서일 것이다.[31] 운명 이야기가 다양한 모티프로 형성되

---

30 이석현, 「東洋의 運命論 研究 : 儒佛道 三敎를 中心으로」, 원광대학교 대학원 박사학위논문, 2021.
　정세근, 「운명론의 개관과 그 윤리」, 『유교사상문화연구』 70, 한국유교학회, 2017, 235-256쪽.
　정세근, 「운명과 운명애 : 위안과 선택의 사이에서」, 『대동철학』 93, 대동철학회, 2020, 411-430쪽.
31 정세근이 운명론을 개관하면서 다음과 같이 말한 것에서 이를 알 수 있다.

면서 여러 양식으로 만들어지고 확산되는 양상도 이러한 이야기 향유의 기반으로 작용하고 있는 운명론적 인식의 표명이라 할 수 있을 것이다.

이석현[32]은 유불도 삼교를 중심으로 하여 동양의 운명론을 비교, 종합 분석하였다. 여기에서는 운명에 대해 "운명은 '인간을 포함한 우주의 일체를 지배한다고 생각되는 초인간적 힘' 혹은 '앞으로의 존망이나 생사에 관한 처지'라고 풀이된다."라고 하면서 "인간의 운명은 예측이 가능하며, 이 예측은 대비(준비)를 전제로 한다."고 보고 시대별로 운명 예측의 변화 과정과 유불도 삼교에서의 운명론을 천명론, 비명론, 숙명론, 연기설, 업론, 윤회론, 복명론, 안명론 등으로 정리하였다. 그러면서 동양의 운명론이 지닌 특성을 점성술과

---

"팔자라는 말이 우리말에서 일상적인 것은 그만큼 운명론적인 사고를 일상화하고 있다는 증거가 된다. …(중략)…운명론이 멀다고 느끼는 순간 우리는 운명론에 진실로 접근하지 못한다. 따라서 철학적으로는 운명론이라고 표현하지만, 한국적 상황에서는 팔자론이라고 불러야 할지 모른다. 운명론이 이렇게 우리 가까이에서 범람하고 있는 줄 쉽게 알아차리지 못하는 것은 역설적으로 운명론이 이미 문화로 정착했기 때문일 것이다. 이른바 '철학관'이 아니더라도 팔자라는 말은 우리의 사고가 매우 운명론적임을 증명한다"(정세근, 「운명론의 개관과 그 윤리」, 『유교사상문화연구』 70, 한국유교학회, 2017, 237쪽.).

32 이석현, 「東洋의 運命論 硏究 : 儒佛道 三敎를 中心으로」, 원광대학교 대학원 박사학위논문, 2021.

고전소설과 운명 이야기

사주명리학의 운명론을 중심으로 파악하였다.

이석현은 숙명과 운명을 구별하면서, 숙명은 태어나기 전부터 결정되어 있어서 바꿀 수 없는 것이라면, 운명은 태어난 후 결정되는 것이라 예측을 통해 개척할 수 있다고 보았다. 이는 인생의 주체인 인간이 생각과 삶을 살아가는 태도를 통해 운명을 새롭게 할 수 있다고 보아 운명에 대해 적극적 주체성을 인정하는 관점을 드러낸다. 그래서 운명론을 예측의 관점에서 역사적으로, 사상적으로 살피고 있다.

운명을 다룬 설화나 야담, 구비서사문학, 고전소설 등 운명 이야기를 다룬 선행 연구에서도 다양한 운명 이야기를 대상으로 하여 하위 유형 분류나 구조 분석, 의미를 탐구하는 데에서 한층 더 나아가 사고나 관점 등 운명론이라는 세계관적 접근을 한 연구들도 있다.[33] 이는 다양한 우리 고전서사

---

33 김일렬, 「〈이진사전〉에 나타난 운명관의 한 양상」, 『논문집』 21, 경북대학교, 1976, 1-11쪽.
류정월, 「〈원천강본풀이〉의 운명관 연구-〈구복여행〉 설화와 대비를 통하여」, 『한국고전연구』 42, 한국고전연구학회, 2018.
방인, 「다산 역학에서 우연성·결정론·자유의지의 문제」, 『국학연구』 40, 한국국학진흥원, 2019, 255-282쪽.
유인선, 「〈명주보월빙〉 연작 연구 : 운명관과 초월계의 성격을 중심으로」, 서울대학교 대학원 박사학위논문, 2021.
윤승준, 「설화를 통해 본 아시아인의 가치관 -'운명론적 사고'와 '혈연, 가족의 윤리', '강자에 대한 약자의 저항'을 중심으로」, 『東洋學』

문학 작품들에서 운명론이 드러나는 양상이 있기 때문이라
할 수 있다.

유인선은 〈명주보월빙〉 연작을 대상으로 운명관을 다루
면서 다음과 같이 문제 제기를 하였다.[34]

> "조선후기 한글장편소설에는 '명(命)'에 관심을 기울이며
> 인간의 삶과 운명에 대한 고민을 드러낸 다수의 작품들이 존
> 재하지만, 이러한 부분에 주목해 한글장편소설 전체를 관통
> 하여 운명을 다루고자 한 연구는 거의 이루어지지 않았다. 본
> 논문에서 대상으로 삼는 〈명주보월빙〉 연작은 대체로 운명
> 을 인정하는 한글장편소설의 보편적인 경향을 따르면서도,
> 운명에 동조하거나 혹은 운명에 역행하는 등 상이한 운명관
> 을 지닌 인물들을 다채롭게 제시함으로써 한 작품 안에 다양

54, 단국대학교 동양학연구원 2013, 21-40쪽.
이강옥, 「야담에 작동하는 운명의 서사적 기제」, 『국어국문학』 171,
국어국문학회, 2015, 319-351쪽.
이인경, 「"운명, 복·행복, 공생(共生)"에 관한 담론」, 『문학치료연
구』 37, 한국문학치료학회, 2015.
조현우, 「영웅소설의 운명론과 그 위안 - 자기 확인이 주는 위안의
기능을 중심으로」, 『고소설 연구』 49, 한국고소설학회, 2020, 41-74쪽.
34 유인선, 「〈명주보월빙〉 연작 연구 : 운명관과 초월계의 성격을 중심
으로」, 서울대학교 대학원 박사학위논문, 2021, 3쪽.

한 운명관이 공존할 수 있다는 것을 보여준다."

이러한 문제의식은 어떻게 보면 모든 문학작품에 대해 가질 수 있는 관점이기도 하다. 서사문학 작품만 하더라도, 어떤 인생사의 반영이자 인생살이를 다룬 이야기라는 점에서 운명 이야기라고도 할 수 있기 때문이다.[35] 그렇지만, 특정한 문학 작품에 대해 운명 혹은 운명론이라는 관점으로 접근할 필요가 있는 것은 등장인물의 삶을 통해 운명관이 뚜렷이 드러나는 경우가 있기 때문이라 할 수 있다.

유인선은 운명에 대한 관점을 다음과 같이 정리한다.[36]

"운명에 대한 관점은 '운명을 인정하는 관점'과 '운명을 부정하는 관점'으로 대별되며, 이는 동양철학에서 오랜 연원을

---

35 김일렬이 "운명관을 주체의 장소적 자각이라고 하는 세계관의 한 측면이라고 전제할 때, 우리 이조소설은 이러한 문제와 크게 관련되어 있다고 할 수 있다."고 한 것도 비슷한 맥락이라 할 수 있다. 김일렬은 운명관의 유형에 대해 "운명관의 대표적인 패턴은 귀족적 관념주의 소설과 서민적 현실주의소설에서 각기 상이한 성격을 지니고 나타남을 볼 수 있는데, 상이성은 변화의 결과라고 할 수 있다." 라고 하였다(김일렬, 「〈이진사전〉에 나타난 운명관의 한 양상」, 『논문집』 21, 경북대학교, 1976, 1쪽.).

36 유인선, 「〈명주보월빙〉 연작 연구 : 운명관과 초월계의 성격을 중심으로」, 서울대학교 대학원 박사학위논문, 2021, 123쪽.

지닌 논어(論語), 맹자(孟子), 묵자(墨子) 등 제자백가서에까지 소급된다. 이 가운데에서도 운명을 인정하는 관점은 또다시 두 가지 관점으로 구분된다. 첫째, 운명의 절대성을 강조하는 '정명론적(定命論的)인 관점'과 둘째, 운명을 인정하되 인력과의 조화를 주장하는 '입명론적(立命論)인 관점'이 그것이다."

유인선이 정리한 운명에 대한 관점은 운명을 인정하는가 부정하는가로 나누고, 운명을 인정하되 운명을 절대적으로 보는가 아니면 인력에 의해 조정될 수 있다고 보는가로 나누고 있다. 이에 비해 이강옥은 야담과 설화의 운명론에 대해 논의한 연구로 이강옥과 정재민의 연구를 들고 다음과 같이 정리했다.[37]

"이강옥은 '운명의 실현'이라는 서술시각이 야담에 뚜렷하게 관철된다는 것을 지적했다. 그래서 운명이 그 자체로 실현되는 양상을 분석했다. 나아가 '운명의 실현'이 '문제의 해결'

---

37 이강옥, 「야담에 작동하는 운명의 서사적 기제」, 『국어국문학』 171, 국어국문학회, 2015, 321쪽.

이나 '욕망의 실현'이라는 서술시각과 결합하는 양상을 살폈다. '운명의 실현'이 다른 서술시각과 결합하는 경우는 다양한데, 이강옥은 그 구체적 경우들을 제시하고 의미를 해명했다. 정재민은 〈조명(造命)〉을 근거로 하여 이익의 운명론을 정리하였다. 이익이 천명(天命), 성명(星命), 조명(造命) 중 조명(造命)을 중시했다고 보았다. 천명이란 장수와 단명, 현명함과 어리석음, 부귀와 빈천의 출발이고, 성명(星命)이란 길흉의 출발인 반면, 조명(造命)이란 시세(時勢)를 만나 인력이 관여하는 것이다. 이익은 '시세'와 '인력'을 함께 고려하면서도 사람의 자유 의지적인 노력을 더 강조하였다. 정재민은 이와 같은 이익의 생각을 근간으로 하여 운명에 대한 관점을 셋으로 나누었으니, 운명은 정해진 대로 이루어진다는 관점을 '정명(定命) 위주의 관점'으로, 운명은 정해져 있으나 인간의 노력으로 바꿀 수도 있다는 관점을 '정명과 조명의 비등한 관점'으로, 인간의 노력으로 운명을 만들 수 있다는 관점을 '조명 위주의 관점'으로 명명하였다. 그리고 '운명 설화'를 운명실현형과 운명변역형으로 나누었다."

이러한 운명론에 대한 관점 정리에 따르면 서사 전개 과정에서 운명이 바뀐다고 보는가 아니면 바뀌지 않는다고 보는가가 가중 중요한 분류의 기준이다. 여기서 운명에 대한 시각을 드러내는 주체는 인물의 행동이나 생각에 투영된 서술자이다. 서사 내에서 운명에 대해 어떠한 대응을 하는 주체는 인물이지만, 그러한 인물을 창조하고 행위를 부여하는 주체는 서술자이기 때문이다.[38] 서사 내에서 서술자는 인물의 행동과 생각을 서술하고 그에 대해 평가하고 새로운 사건들을 만들고 배치하면서 궁극적으로 운명에 대한 관점을 펼치는 것이다.

그렇다면 이렇게 운명에 대한 관점을 드러내는 이야기를 만들어내고 향유한 이유가 무엇이었을까? 이러한 운명 이야기의 효용을 찾다 보면 인생의 굴곡과 고난에 대한 운명론적 해석이 운명 이야기의 생산과 수용의 힘이라는 것을 알 수 있다. 왜냐하면 다양한 운명 이야기의 수용과 생산에서 깨닫는 운명론은 불행한 인생행로에서 위안과 평안을 주기 때문이다.[39]

---

38 이러한 서술자의 시각에 대해 이강옥은 서술시각이라 하였다.
39 이에 대해 다음을 참조할 수 있다.
　　"우리는 운명을 통해 위안과 평안을 얻는다. 운명이 우리에게 고통을 줄 것 같지만, 그것은 그리스적 비극에서나 나오는 설정이다. 아무리 고통스러울지라도 그것이 운명이라고 받아들이는 순간, 인간은 고통으로부터 순화된다.…(중략)…불행을 받아들이기에 행

운명론이 드러나는 소설 작품이 주는 위안의 기능에 대해
조현우의 논의를 참조할 수 있다.[40]

"영웅은 닥쳐온 사태로 인해 좌절은 해도 어떻게 해야 하
는가에 대해 고민하지 않는다. 고민 없음의 결과는 그에게 예
정된 것 그대로의 실현이라는 대가로 돌아온다. 그는 최종적
결과로서의 성공을 얻은 시점에서 사태를 바라보기에 운명에
철저하게 순응할 수 있다. 영웅은 그렇게 운명에 순응함으로
써 예정된 결과를 온전히 성취한다. 영웅소설의 인기는 이 소
설의 향유층이 예정된 운명에 순응함으로써 예정된 그대로의
결과물을 얻는 인물의 이야기에서 어떤 쾌감을 느꼈다는 것
을 의미한다."

조현우는 운명론의 실현이라는 측면에서 영웅소설의 효용
을 분석해 내고 있다. 이렇게 영웅소설을 들여다보면, 영웅
소설에 대해 단지 관습적 양식이나 흥미 위주의 개성 없는

---

복해진다. 불행을 받아들이지 못할 때 우리는 불행해진다"(정세근,
「운명론의 개관과 그 윤리」, 『유교사상문화연구』 70, 한국유교학회,
2017, 242쪽.).
40 조현우, 「영웅소설의 운명론과 그 위안 - 자기 확인이 주는 위안의
기능을 중심으로」, 『고소설 연구』 49, 한국고소설학회, 2020, 55쪽.

대중 양식이라는 폄하적 시각에서 벗어날 수 있다. 영웅소설의 운명이 수용자와 어떻게 관련될지에 대해 다음의 설명을 보도록 하자.[41]

"영웅소설의 운명은 벗어날 수 없는 그래서 그 운명 속에 갇혀 있는 주체의 고민을 다루지 않는다. 영웅소설에서는 운명 자체가 그들의 삶에 다가온 위기를 벗어나게 해주는 역할을 수행한다. 이들은 운명을 따름으로써 운명을 완성하는 존재다. 영웅은 형용 모순처럼 보이는 결정된 운명의 능동적 실현을 수행하고 있다. 그런데 이는 평범한 인간들에게도 적용될 수 있다. 평범함을 타고난 인간 역시 운명 앞에 무력하거나 전능한 것은 동일하다. 그가 운명을 받아들인다면 모든 것이 이미 결정된 삶을 받아들여야 한다. 그러나 그와 같은 운명의 결정됨을 전유하는 순간 삶은 대단히 역동적이고 흥미로운 것으로 바뀐다."

역설적이게도 정해진 운명에 따라 행위하는 영웅은 운명

41 조현우, 「영웅소설의 운명론과 그 위안 - 자기 확인이 주는 위안의 기능을 중심으로」, 『고소설 연구』 49, 한국고소설학회, 2020, 63쪽.

고전소설과 운명 이야기

에 예속되어 억압받거나 불행함을 느끼는 것이 아니라 자유롭게 된다는 것이다. 왜냐하면 영웅은 성공하도록 운명이 정해 놓았기 때문이다. 성공하도록, 그리고 영웅이 되도록 운명이 정해져 있기 때문에 영웅은 어떻게 행동해도 혹은 어떠한 고난의 길을 가더라도 결국은 영웅이 된다는 자유를 가지는 것이다. 그래서 이러한 영웅을 보는 수용자 역시 자신의 삶에 대해 이미 정해진 운명을 실현한다는 의식을 가진다면 매우 큰 위안을 받을 수 있다는 것이다.

이러한 운명론적 관점은 서사문학 작품에 대한 새로운 해석의 시각을 제공할 뿐만 아니라 당대의 수용자 나아가 현대의 수용자에게 지니는 의미와 효용을 설명해 줄 수 있다. 이렇게 보면 우리 고전서사 문학에 대한 운명론적 관점의 체계를 더욱 고민하고 정교하게 할 필요가 있다.

◈ 운명 설화의 고전소설 수용 연구

　운명을 다룬 이야기로서 운명 설화를 논하면서 논의의 범위를 설화에 한정하지 않고 고전소설로 확대하여 운명 설화의 수용을 분석한 연구들이 다수 있다. 이는 고전소설과 운명 이야기의 긴밀한 관련성을 말해주는 것이기도 하다. 고전소설 작품에서 운명 설화를 수용한 양상을 고전소설사의 맥락에서 전반적 흐름으로 살필 수도 있겠지만, 특정한 고전소설 작품에 한정된 특성으로 논할 수도 있다. 운명 설화를 수용하여 만들어진 고전소설로 볼 수 있는 작품으로 〈하생기우전〉, 〈정수경전〉, 〈홍연전〉, 〈반필석전〉, 〈십생구사〉, 〈전관산전〉 등을 들 수 있다.

　소인호는 저승 체험담을 논하면서 이러한 유형의 설화가 서사문학사에서 어떻게 전승되고 있는지를 우리 초기소설을 중심으로 분석하였다. 이에 의하면 중국에서 유입된 다양한 저승체험담이 우리나라 서사문학에서도 저승 이야기가 형성되는데 외적 토대가 되었다고 한다. 이와 함께 고승전과 같은 불교 문학이 유입되어 토착화되는 과정에서 우리 서사문학에 영향을 끼쳤다고 보았다. 이는 『삼국유사』에 인용되고 있는 승전류에서 알 수 있으며, 이 과정에서 〈광덕 엄장〉이나 〈조신〉, 〈김현감호〉와 같은 이야기가 만들어질 수 있었다고 하였다. 그러면서 저승체험담이 고려시대를 거치면서 초기소설의 형태로 만들어졌다고 보았는데, 이에 해당하는 예로 〈왕랑반혼전〉, 〈명학동지전〉, 〈목련전〉 등을 들었다.

조선시대로 들어오면서는 정치사회적 배경으로 인해 저승체험담은 민간 설화로 세속화되면서 다른 한편으로는 야담, 소설등의 양식으로 발전하였다고 하였다. 이 사례로 〈박생〉, 〈남염부주지〉 등을 들고, 임병양란 후에는 다각도로 서사적 편폭이 확장되면서 대중화되는 양상을 보임을 논하였다. 그리고 저승체험담의 후기적 변용 양상을 "조선후기 소설에 수용된 저승체험담에서는 저승의 모티프가 아예 탈각되면서 현실의 이야기로 전환되거나, 혹은 웃음의 소재로 활용되기도 한다."고 정리하면서, 〈홍연전〉, 〈반필석전〉, 〈십생구사〉 등의 연명소설을 현실 이야기로 전환된 예로, 『삼설기』의 〈삼사횡입황천기〉를 웃음의 소재로 저승체험담이 활용되는 사례로 들었다.[42]

박대복은 운명 설화를 수용한 고전소설에 대해 '액운소설'

---

42 소인호, 「저승체험담의 서사문학적 전개 : 초기소설과의 관련 양상을 중심으로」, 『우리문학연구』 27, 우리문학회, 2009, 103-130쪽.

로 유형화하고 그 서사적 특징을 논의하였다. 여기서 액운소설에 대해 다음과 같이 정의하였다.[43]

> "현실·초현실의 이원론적인 세계관을 배경으로 한 신성소설 가운데 맹목적으로 운명에 순응하지만 않고 「액운」이라는 죽음의 운명을 극복하고 부귀공명을 누리는 고소설의 한 유형이 있다. 필자는 이러한 고소설들을 「액운소설」이라 명명하고 「죽음의 액운으로 인한 고난과 이것의 극복과정을 중심으로 서사가 진행되는 주인공의 일대기」라고 정의하고자 한다."

박대복이 액운소설이라는 용어를 사용하면서도, 이 용어는 잠정적으로 붙인 것이며 단명소설, 연명소설, 도액소설, 운명소설 등도 검토할 수 있다 하였다. 그런데 박대복이 굳이 액운이라는 용어를 선택한 것은 서사 전개 과정에서 액운의 극복이 중요한 골격을 이루는 작품에 주목하였기 때문이다. 여기서 말하는 액운소설은 액운의 극복 여부에 따라 결말이 달라지는 주인공의 서사가 나타나는 유형으로 액운의

---

43 박대복, 「액운소설 연구-내용을 중심으로」, 『어문연구』 21권 3호, 한국어문교육연구회, 1993, 415-439쪽.

상존성과 주기성이 있다 하였다. 이에 해당하는 고전소설로
〈하생기우전〉, 〈사대장전〉, 〈이진사전〉, 〈정수경전〉, 〈십
생구사〉, 〈홍연전〉, 〈전관산전〉, 〈반필석전〉, 〈오대몽〉 등
을 들었다.

　액운은 말 그대로 매우 나쁜 운수이다. 그래서 액운이 있
다고 하면 이를 막거나 피할 방도를 구하게 된다. 액운소설
이라고 한다면 이러한 액운을 겪게 된 인물의 이야기가 소설
로 형상화되어 있는 경우라 하겠다. 이를 거꾸로 소설이라는
양식 논리로 말하자면, 소설 작품에서의 고난이 액운과 관련
되어 전개되는 유형의 소설이 액운소설이라 할 수 있다. 박
대복은 〈숙향전〉을 들어 설명하면서 숙향의 고난도 죽을 액
과 관련은 있으나 이는 통과의례적인 것에 불과하고, 자신의
운명을 타개하고 개척하고자 하는 의지가 개입될 틈이 없다
고 하여 액운소설과 구분하였다. 그리고 액운소설의 구조를
1)액운의 예지, 2)집떠남의 의미, 3)액운 극복의 방법 인지,
4)결연, 5)액운의 위기 극복, 6)부귀공명과 결말로 나누어 이
들 작품을 분석하였다. 그러면서 〈하생기우전〉 이후의 액운
소설에서 남자 주인공의 액운 극복과 결연이 서로 긴밀하게
관련을 맺으면서 사회의 불합리한 문제들을 드러낸다고 하
였다.

박대복의 연구에서 말하는 액운소설 유형의 고전소설들이 이 연구에서 주목하고 있는 운명 이야기를 주된 근간으로 하여 만들어진 소설 중의 하나라 할 수 있다. 박대복의 연구를 통해 확인되는 것은 운명 이야기를 형상화하고 있는 고전소설 작품의 주요 내용에 액운의 예지와 과거시험 관련 문제, 천생연분 여성과의 혼인이 포함된다는 것이다.

한편 운명 이야기와 관련된 선행 연구들에서 한 분야를 이루는 주제가 눈에 띈다. 그것은 문학치료학 분야이다. 이들 연구는 운명 이야기와 운명 관련 고전소설 작품을 대상으로 하여 문학치료학의 방법론을 마련하는 시도를 하고 있다.

최원오는 운명을 소재로 한 고전 작품을 바탕으로 문학치료학의 방법론을 제안한 바 있다.[44] 이 논문에서는 운명을 소재로 한 문학작품들 중에서 〈구복여행〉, 〈지장본풀이〉, 〈된동어미화전가〉, 〈홍길동전〉을 선택하여, 이들 작품에서 나타나는 운명을 숙명론적 운명과 사회적 운명으로 나누고 이에 대해 어떻게 받아들일지를 4가지로 유형화하여 진단항목을 정리하고 있다.

---

44 최원오, 「문학치료학 정립을 위한 방법론적 성찰 ―'운명(運命)'을 소재로 한 고전 작품을 예로 들어」, 『문학치료연구』 14, 한국문학치료학회, 2010, 71-93쪽.

이제까지 운명 이야기가 고전소설에서 다루어지는 양상에 대한 선행 연구들에서 알 수 있듯이, 운명을 다룬 고전소설 작품으로 〈하생기우전〉, 〈정수경전〉, 〈홍연전〉, 〈십생팔구〉, 〈사대성전〉, 〈이진사전〉, 〈반필석전〉, 〈전관산전〉 등을 들 수 있다.[45] 이들 작품은 고전소설의 유형 분류 기준을 적용할 때에는 각기 다른 이름으로 불리기도 한다. 이는 이 작품들에서 운명 이야기의 요소나 운명 이야기와 관련된 특

---

45 이와 관련한 연구로 다음을 들 수 있다.

김광진, 「〈정수경전〉 연구」, 한국교원대학교 석사학위논문, 1994.

김근태, 「연명을 위한 탐색이야기의 한 변형-반필석전에 나타난 구술적 서술원리를 중심으로-」, 『崇實語文』 8, 崇實語文學會, 1991, 225-289쪽.

김정석, 「〈정수경전〉의 운명 예언과 '기연'」, 『東洋古典研究』 11, 동양고전학회 1998, 9-35쪽.

김정석, 「활자본 「史大將傳」의 「短命譚」 수용과 그 의미」, 『東洋古典研究』 8, 東洋古典學會 1997, 121-147쪽.

이헌홍, 「〈정수경전〉의 제재적 근원과 소설화의 양상」, 『문창어문논집』 24, 문창어문학회, 1987, 25-39쪽.

조상우, 「〈견관산전(全寬算傳)〉 研究」, 檀國大學校 大學院 석사학위논문, 1995.

주애경, 「〈全寬算傳〉 研究」, 『도솔어문』 4, 단국대학교 인문대학 국어국문학과, 1988, 73-106쪽.

하남진, 「〈홍연전〉 연구」, 한국교원대학교 교육대학원 석사학위 논문, 2008.

황인순, 「추리와 예견의 통합적 구조와 의미 연구 - 황백삼류 설화와 소설 〈정수경전〉을 중심으로」, 『리터러시 연구』 12권 6호, 한국 리터러시 학회, 2021, 561-594쪽.

성을 찾을 수는 있으나 각 작품들의 개별적 특성으로 접근할 때에는 다른 유형의 소설로 보이기 때문이다. 〈정수경전〉만 하더라도 운명소설이라고 할 수도 있겠지만, 이제까지의 연구들에서 송사소설로 다루어진 바가 있다. 다른 작품들 역시 고전소설의 일반 분류를 적용할 때 동일한 유형으로 묶이지 않을 수가 있다. 이 작품들에 대한 선행 연구에 대한 검토는 앞으로 이러한 작품을 다룰 별도의 장으로 미루어 둔다.

# Ⅱ. 운명 이야기의 설화적 양상

고전소설에서 운명 이야기의 양상을 살펴보기 위해 우선 단편적인 이야기 형태로 존재하고 있는 운명 설화를 이야기 내용의 유형으로 묶어서 살펴보고자 한다. 운명 이야기가 독립적인 이야기로 존재할 때에는 설화라는 양식이지만, 고전소설 속에 있을 때에는 모티프나 서사적 구조, 혹은 서사 전개 속에서 사건으로 나타나기도 한다. 이는 단위 설화가 소설로 수용될 때 원래의 설화가 그대로 원용되기보다는 전체 서사 속에서 변용되고 새로운 서사로 만들어질 것이기 때문이다.

이에 고전소설 속에서 운명 이야기로 볼 수 있는 요소로서 운명 설화의 유형을 주요 내용 중심으로 살펴볼 것이다. 여기서는 점복, 연명, 과거 길 보쌈 등을 선정하였다. 이는 운명 이야기와 관련되는 주요 설화들을 내용으로 선정한 것이지 운명 이야기의 하위 유형을 이렇게 체계화한 것은 아니다.[1] 그래서 이렇게 선정한 이야기들이 서로 다른 내용 유형으로 묶이더라도 구체적인 작품의 양상으로는 두 가지 이상의 설화 유형이 나타날 수 있음을 미리 말해 둔다. 예를 들어 과거 길과 보쌈 이야기는 일반적인 설화 연구에서 다른 설화로 나누어 다루기도 하는가 하면, 점복과 연명을 묶어서볼 수도 있다. 이는 다른 한편으로 설화 작품에 따라 단순히 하나의 이야기가 요소가 아니라 여러 이야기 요소가 복합적으로 나타나는 경우가 있기 때문이다.

---

1 운명 설화에 대한 체계적인 분류는 정재민 등에 의해 이루어진 바 있다. 이 글에서는 운명 이야기 자체의 분류보다는 고전소설과의 관련에 더욱 관심을 두고 있어 운명 이야기로 볼 수 있는 설화의 내용을 중심으로 몇 가지 내용을 선정하였다는 것을 밝혀 둔다.

## 1. 점복

점복에 관한 이야기는 주인공이 점복을 통해 사건을 맞이하여 점괘대로 결말을 맞거나 위기를 넘겨 좋은 결말을 맞이하는 내용으로 이루어진다. 점복은 자신의 미래를 미리 알기 위한 행위라는 점에서 그 자체로 운명에 대한 이야기이다. 그러면서 이야기 속 인물은 미리 안 불행한 운명을 바꾸고자 하는 의도를 갖고 실행하는 행위가 나타나는데, 그 결과 운명을 그대로 맞이하게 되거나 예정된 운명을 바꾸게 되는 이야기이다.

점괘를 얻게 되는 계기나 점괘의 내용은 설화마다 다양하게 나타난다. 우선 〈봉사의 점괘로 죽을 고비 넘긴 뱃사공〉[2] 이야기를 한번 보도록 하자.

1. 배로 소금 등을 싣고 다니며 사는 뱃사공이 아이들한테 놀림을 당해 탄식하는 봉사를 본다.

---

2 한국구비문학대계에 수록된 자료로 경상북도 구미시 원평1동에서 채록되었다(https://gubi.aks.ac.kr).

2. 뱃사공이 봉사가 뺏긴 작대기를 되찾아 주니 봉사가 반가
   워서 생시를 물어 점을 봐준다. 봉사는 뱃사공이 죽을 고
   비 세 번을 넘겨야 산다고 한다.

3. 봉사는 은혜를 갚는다며, 첫 번째는 바위 밑에 배를 매지
   말라 하고, 두 번째는 빈 방안에 가서 목침을 던져야 하고,
   세 번째는 등잔 기름을 옷에 쏟으면 샘에 씻지 말라고 한
   다. 그리고 홍주머니를 주면서 죽을 고비를 맞이할 때 원
   에 바치면 살 수 있다고 한다.

4. 뱃사공은 봉사의 점대로 바위 밑에 배를 대지 않았더니 다
   른 배들은 박살나고 자신만 무사했다.

5. 뱃사공이 배를 몰고 가다 날이 저물어 어느 동네의 기와집
   에 갔더니 처녀가 나왔다. 처녀는 자기 집에 마귀가 나타
   나 가족을 다 죽였고 이제는 자기를 죽일 차례라 집에서
   잘 수 없다 하자 뱃사공이 우겨서 대청에서 잔다. 뱃사공
   이 집에 들어온 도깨비들을 보고 목침으로 때리자 도깨비
   중 우두머리가 목침을 보고 잃어버린 물건을 찾았다며 돌
   아갔다. 처녀가 뱃사공과 함께 살자고 하여 3년을 산다.

6. 뱃사공은 3년을 살다 보니 고향에 두고 온 처자가 생각나
   서 사흘만 볼 일을 보고 돌아오겠다고 한다. 뱃사공이 집
   에 가보니 부인이 다른 남자와 정을 통하며 살고 있었다.

고전소설과 운명 이야기

뱃사공의 부인이 남편 뱃사공을 죽이기 위해 호롱 기름을 묻혀 샘에 가서 씻게 하여 간부에게 죽이도록 계획을 짠다. 뱃사공이 봉사의 말을 기억하고 샘에서 씻지 않고 기다리고 있는 동안 뱃사공의 부인이 계획의 성사가 궁금하여 갔다가 간부의 칼에 죽는다.

7. 뱃사공의 부인이 간부의 칼에 죽었으나 간부는 이미 사라지고 없었기에 뱃사공이 살인범으로 몰려 관가에 잡혀간다. 부인을 죽이고 바람 핀 여인과 살려고 했다는 혐의를 받는다. 뱃사공은 봉사가 준 홍 주머니가 생각나 사또한테 주니 그 안에 '조일두에 미삼석'(나락 한 말에 쌀 서 되라.)이라는 글귀가 있으나 사또가 해석을 못한다.

8. 사또가 해석을 명한 노인의 딸이 '강칠성'이 살인자라는 것을 밝혀낸다. 강칠성은 뱃사공의 뒷집에 살고 있었는데 자신을 살인자로 지목한 사람이 노인의 딸임을 알고 죽이려 한다. 그 딸은 이를 알고 함정을 파서 강칠성을 잡는다.

9. 처녀는 나라에서 상을 받고, 뱃사공은 자손만대 잘 살았다.


이 이야기의 주인공 뱃사공은 봉사에게 작대기를 찾아 준 것으로 보답을 받아 자신에게 닥칠 위기에 대비하게 된다. 점을 쳐준 봉사는 뱃사공에게 3번의 위기가 닥칠 것을 예고

하고, 마지막으로 죽을 고비를 맞았을 때 쓰라고 홍주머니를 준다. 뱃사공은 자신에게 닥친 위기를 봉사의 말에 따라 잘 극복해 내고, 마지막으로 살인자로 몰려 죽게 되었을 때 홍주머니 속에 든 글귀로 살인자 누명을 벗고 행복한 삶을 얻게 된다.

이 이야기에서 보이는 세 번의 위기나 삼년, 사흘과 같은 숫자 3의 반복은 설화에서 흔히 나타나는 양상이라 할 수 있겠다. 그런데, 죽을 위기를 겪는 운명을 점괘로 알게 되고 극복해 내는 인물이 뱃사공이라는 점, 뱃사공이 새로운 여인을 만나게 되는 방식 등은 특징적이다. 이는 다음 이야기와의 비교해 보면 더욱 선명해질 것이다. 한국구비문학대계의 〈점장이의 예언으로 목숨구하고 누명을 벗어 부자된 사람〉[3]을 살펴보자.

1. 옛날 어느 부자가 놀고먹는 아들에게 백 냥을 주어 돈벌이 하도록 했으나 한 푼도 남기지 못한다. 그러자 부자가 삼천 냥을 주며 함경도에 가서 명태를 한 배 가져오도록 한다.

---

3 전라남도 신안군 팔금면에서 채록된 자료이다. [팔금면 설화3]으로 수록되어 있다(https://gubi.aks.ac.kr).

2. 부자 아들은 함경도에서 명태 한 배를 사서 오다가 서울
   구경을 다닌다. 그러다가 백 냥짜리 점을 본다. 백 냥 내고
   점을 보니 점괘가 "암하(巖下)하에 불계선(不繫船)"이었
   다. 그리고 또 백 냥을 내고 받은 점괘가 "유두(油頭)를 불
   세소(不洗掃)"였다. 또 다시 점을 보기 위해 남은 돈 백 냥
   을 주니 "조일두 미삼승(粗一斗米三升)"이라 하였다. 부자
   아들이 약간 서운한 듯 있으니 점쟁이가 "필두승자소(筆頭
   蠅自笑)"라는 점괘를 하나 더 주었다.

3. 부자 아들이 점괘를 받아 오다 보니 자기 배가 바위 밑에
   매여 있는 것을 보고 점괘를 생각하여 다른 데로 옮겼다.
   그리고 술에 취해 집에 가서 방에 들어가다가 기름병에 부
   딪혀 기름을 덮어 썼지만 점괘를 생각하여 씻지 않고 그냥
   잤다.

4. 부자 아들이 아침에 일어나 보니 자기 마누라가 칼에 맞아
   죽어 있었다. 그래서 혐의를 받아 법정에 끌려가게 되었
   다. 취조를 받던 부자 아들은 붓 끝에 앉은 쇠파리를 보고
   점괘가 생각나서 웃고, 마지막으로 "조일두 미삼승(粗一斗
   米三升)"이라는 문구를 해석해 달라고 요청한다.

5. 감옥에 있던 죄수가 이 문구를 해석하여 강칠승이 범인임
   을 밝히고 잡아와서 연유를 들으니, 그날 밤에 기름 둘러

쓴 부자 아들을 자신이 정 통하던 부인인 줄 알고 잘못 죽인 것이었다.

6. 부자 아들은 풀려나 장사도 잘하고 장가도 새로 가서 잘살았다고 한다.

〈점장이의 예언으로 목숨구하고 누명을 벗어 부자된 사람〉의 이야기는 앞에서 본 〈봉사의 점괘로 죽을 고비 넘긴 뱃사공〉과 비교해 볼 때, 배와 관련되면서 점쟁이 점괘 덕분에 죽을 위기를 모면하고, 간통한 부인에 의해 죽을 위기를 맞고, 무사히 살아나기는 하지만 누명을 썼다가 풀려난다는 공통점이 있다. 다른 점은 이야기의 주인공이 놀기 좋아하는 부자 아들이라는 것, 그리고 그 부자 아들이 위기를 모면해 가는 과정에서 장사도 잘하게 되고 좋은 가정도 꾸리게 된다는 것으로 일종의 성장담 구조를 보인다는 것이다.

〈점장이의 예언으로 목숨구하고 누명을 벗어 부자된 사람〉은 〈봉사의 점괘로 죽을 고비 넘긴 뱃사공〉에 비해 위기는 1가지 적지만, 점괘는 4가지로 제시되어 이야기의 주인공이 위기를 벗어나는 방법으로 작용한다. 그리고 점을 보게 되는 계기가 〈봉사의 점괘로 죽을 고비 넘긴 뱃사공〉에서는 보은 행위이지만, 〈점장이의 예언으로 목숨구하고 누명을 벗어 부자된 사람〉에서는 주인공의 자발적인 행위이고 돈을 주고 산 위기 모면 방법이다.

이렇게 볼 때 이러한 유형의 점복 설화는 어떤 기회에 점을 쳐서 미래의 위기를 알고, 그에 대한 방도를 얻고, 그 점괘대로 실천하여 위기를 모면한다는 서사구조를 가지고 있음을 알 수 있다. 그리고 그 위기의 성격이 하나는 자연재해와 관련되고 다른 하나는 가정, 즉 부인의 외도와 관련이 된다. 이러한 점복 설화의 특성을 고려하며 〈세 대롱의 예언, ─黃白三─〉 이야기를 살펴보도록 하자.[4]

1. 옛날 전라도에 차씨가 살았는데 중인이었다. 재산은 많은데 신분 때문에 벼슬을 못하니 돈을 써서라도 벼슬자리를 얻기 위해 서울로 왔다.

2. 재상들이 노는 자리에 가서 자신의 돈을 쓰며 벼슬자리 하나라도 얻으려 했으나 재산 팔아서 가져간 돈만 다 탕진했다. 차씨는 또다시 집에서 천석거리를 팔아오도록 했다.

3. 차씨 부인은 자녀도 없는 상황에서 벼슬한답시고 재산을

---

4 한국구비문학대계 수록 자료로, [미아동 설화7]로 기록되어 있다 (https://gubi.aks.ac.kr).

다 팔아 없애는 차씨를 보고 샛서방을 두었다. 차씨 부인
과 샛서방은 차씨가 돌아오면 없애버리고 도망하기로 약
속했다.

4. 차씨가 재상들에게 돈을 다 쓰고 겨우 노잣돈 좀 받아서
가다가 서른 냥을 주고 장님에게 점을 보았다.

5. 장님은 차씨에게 죽을 고비가 세 번이라 하면서 대롱 세
개를 주었다.

6. 배를 탈 때에는 파란 대롱 마개를 **빼서** 보라 하여 그대로
했더니 "암하(岩下)에 주불계(舟不繫)"가 나왔다. 차씨가
이 말을 외치니 사공이 배를 바위 아래 매지 않고 다른 데
매어 죽을 위기를 면했다.

7. 노랑 대롱은 집에 가서 잘 때 **빼보라** 하여 집에서 보았더
니 "두상(頭上) 유불세(油不洗)"라는 괘가 나왔다. 이상하
게 여겼지만 저녁 먹고 잠을 자는데 선반 위에서 아주까리
기름이 머리에 떨어져서 점괘를 기억하고 잔뜩 바르고 잤
다. 그런데 원래 차씨 부인이 샛서방에게 자신은 기름을
바르고 잘 테니 기름 바르지 않은 사람을 죽이라고 하여,
샛서방은 부인을 죽인다.

8. 차씨는 부인을 죽인 범인으로 몰려 죽게 되었는데 소원이
라 애원하여 빨강 대롱을 열어 볼 수 있었다. 빨강 대롱에

고전소설과 운명 이야기

는 노란 종이에 흰 백자 세 개가 쓰여 있었다. 김 정승의 딸이 이를 황백삼으로 해석해 내고 그를 잡았다.

9. 김 정승의 딸은 죽게 되었던 차씨를 살리고, 차씨와 결혼하겠다고 애원하였다. 마침내 차씨와 김 정승의 딸은 혼인을 하여 서울로 갔다. 차씨와 김 정승 딸은 아들 삼형제를 낳았는데 이들은 삼판서가 되었다.

10. 차씨 부부는 고향에 가서 부모님을 만나 잘 살았다.


〈세 대롱의 예언, 一黃白三一〉 이야기는 앞의 두 이야기에 비해 주인공의 성씨가 제시되고 있고, 서울에 가서 재산을 탕진한 후 마지막 귀향길에서 우연히 점을 보아 대롱 세 개를 얻어 위기를 모면하는 내용으로 앞의 이야기와 집을 떠나는 계기가 다르다. 차씨가 점을 보고 돌아오다 겪는 위기는 배와 관련되는 것으로 앞의 두 이야기와 비슷하고, 집에 돌아와서 부인과 샛서방에 의해 생긴 위기도 사건의 내용이 앞의 두 이야기와 비슷하다. 그런데 앞서 살핀 두 이야기에서는 살인범의 이름이 강칠성, 강칠승이었고, 세 대롱 이야기에서는 황백삼이어서 차이가 있다.

이 세 이야기를 통해서 볼 때, 점복 설화의 서사구조[5]는 1)주인공이 어떤 계기에 의해 점 보는 이를 만나고, 2)점괘를 위기의 수만큼 받고, 3)주인공이 점괘대로 행동하여 죽을 위기에서 벗어난다는 것으로 정리할 수 있다.

1)의 주인공이 점치는 사람을 만나게 되는 과정은 은혜를 베푸는 일일 때도 있고, 놀기 좋아하는 인물이 유흥을 찾아다니다가 생긴 일이기도 하고, 헛된 꿈을 품고 집을 나왔다가 가진 돈을 다 털리고 나서야 집으로 돌아가는 길에 우연히 하게 된 일이기도 하다. 이렇게 다양한 상황에서 주인공이 점치는 사람을 만나게 되지만, 각 이야기에서 주인공이 겪는 죽을 위기는 비슷하다. 크게 범주화해 보면, 한 가지는 배와 관련된 것이고, 다른 한 가지는 집안일, 즉 주인공의 부인과 관련된 바람직하지 않은 남자 관계 문제이다.

2)의 점괘 수를 세 개 이야기에서 비교해 보면, 〈점장이의

---

5  김광진은 점복 설화의 기본 서사구조에 대해 다음과 같이 정리하였다.
   (가) 발단 - 결핍 - 떠남
       1) 주인공이 집을 떠나다.
   (나) 전개 - 전이 - 통과
       1) 점쟁이로부터 점괘를 사다.
       2) 점괘의 실현으로 주인공이 위기에 봉착하다.
   (다) 결말 - 충족 - 귀환
       1) 점괘의 해독, 또는 금기를 지켜 목숨을 구하다.
       2) 부와 행복을 획득하다.
   (김광진, 「점복 설화의 서사적 수용 양상」, 『청람어문학』 10, 청람어문학회, 1993, 44쪽.).

예언으로 목숨구하고 누명을 벗어 부자된 사람〉에서는 3번의 위기가 나오고 〈점장이의 예언으로 목숨구하고 누명을 벗어 부자된 사람〉에서 위기는 2번 제시된다. 〈세 대롱의 예언, 一黃白三一〉에서도 2번의 위기가 나온다. 이렇게 위기의 회수가 2번 혹은 3번인데 점괘의 개수는 위기의 개수와 일치하지는 않는다. 〈점장이의 예언으로 목숨구하고 누명을 벗어 부자된 사람〉과 〈점장이의 예언으로 목숨구하고 누명을 벗어 부자된 사람〉에서는 4개의 점괘가 제시되고, 〈세 대롱의 예언, 一黃白三一〉에서는 3개의 점괘가 나온다.

이들 이야기에서 주인공은 모두 점괘대로 성실하게 행동하여 죽을 위기를 모면한다. 그리고 다들 행복한 결말을 맞이하는 것으로 서사가 전개된다. 여기서 주목해 볼 만한 부분이 인물의 구성이다. 이 세 이야기에서 주요 인물의 구성은 죽음의 위기를 겪는 주인공, 점쟁이 그리고 점괘의 해석자이다. 이들은 주인공의 편에서 주인공이 행복한 결말을 맞이하는 데 기여하는 인물이라 할 수 있다. 말하자면 주인공과 협력적이고 긍정적인 관계를 가지는 인물이라 할 수 있다. 점쟁이가 주인공의 점을 쳐 주면서 단순히 돈을 받았기 때문에 주인공에게 도움이 되는 점괘를 준 것을 아니었을 것이다. 예를 들어 〈점장이의 예언으로 목숨구하고 누명을 벗어 부자된 사람〉에서 복채를 받고 점괘를 주고 나서 추가로 점괘를 주는 장면에서 이를 확인할 수 있다. 다음의 구연자 료를 보자.

아 이 또 한마디만 더 해달라고 허니께 '또 할라먼 돈 백냥을 더 내시요.' 그래 보듭시 목포 올 차표 탈 놈 냉겨 놓고 털털 털어 마지막으로 났든 갑다.

그러니까,

"조일두 미삼승(粗一斗米三升)."

그러거든요.

그러고는 또 가라 그래.

아 이제는 돈도 없고 하다 섭섭해서 우두거니 앉었으니까, 아 그 분도 돈 삼백냥이나 받어 놓고 미안했던가 부지요.

그래 한 자리 더 해주마.

"필두승자소(筆頭蠅自笑)와라."

그 소리를 듣고 차를 타고 목포로 내려 왔든 갑다.

이러한 장면에서 주인공에 대한 점쟁이의 긍정적, 연민의 태도를 볼 수 있다. 점을 보게 된 주인공이 자신에게 있는 돈을 다 털어서 점쟁이에게 주고 점괘를 받기는 했으나 뭔가 아쉽고 허탈한 느낌을 가졌을 것에 대한 점쟁이의 배려 혹은 긍휼을 베푼 태도라 할 수 있는 것이다. 어쨌든 이 덕분에 주인공은 마지막으로 맞은 죽을 위기를 넘길 수 있게 된다.

그리고 주인공이 겪는 마지막 위기에는 반드시 점괘를 해석해 줄 존재, 암호같이 제시된 점괘를 풀어 줄 지혜자가 필요하다. 이 존재 역시 주인공이 위기를 모면하는 데 결정적인 도움을 주는 구원자이다. 〈봉사의 점괘로 죽을 고비 넘긴 뱃사공〉에서는 고을에서 해석을 잘하는 노인의 딸이 점괘를 해석하여 범인의 이름을 밝히고 범인을 잡는 데 기여한다. 〈점장이의 예언으로 목숨구하고 누명을 벗어 부자된 사람〉에서는 살인자로 몰린 부자 아들이 감옥에 갇혀 취조를 받을 때 같이 감옥에 있던 사람이 이러한 해석자의 역할을 한다. 〈세 대롱의 예언, 一黃白三一〉에서는 차씨가 연 빨강 대롱에 있던 글귀를 김 정승의 딸이 해석을 하여 범인을 잡게 된다.

흥미롭게도 이 세 설화에서 점괘에 제시된 글귀를 풀어주는 존재의 계층과 성별이 다르게 나타난다. 〈봉사의 점괘로 죽을 고비 넘긴 뱃사공〉에서 점괘를 해석한 노인의 딸은 신분이 높지 않은 계층, 아마 평민 이하 신분의 여성일 것으로 추측되고, 〈점장이의 예언으로 목숨구하고 누명을 벗어 부자된 사람〉에서는 같이 감옥에 수감되어 있는 죄인이니 원래 신분이 무엇이었든지 간에 가장 낮은 수준으로 떨어진 사람이다. 그리고 같이 감옥이 있는 것으로 보아 아마도 남성일 것으로 생각된다. 〈세 대롱의 예언, 一黃白三一〉에서는 김 정승의 딸이 점괘를 해석해 주니 양반 계층의 여성이다.

특히 〈세 대롱의 예언, 一黃白三一〉에서 해석을 하여 활약한 김 정승의 딸과 유사한 기능을 하는 인물이 〈정수경전〉과 같은 고전소설에서도 나타난다는 점에서 설화와 소설의 관련성을 생각하게 한다.6

한편 이렇게 주인공의 편에 서서 주인공에게 닥친 죽음의 위기를 극복하는 데 도움을 주는 기능을 하는 인물이 있는 반면, 주인공에 대적하는 인물들이 있다. 대표적으로 주인공의 처와 간부남, 즉 살인범을 들 수 있다. 앞에서 살펴본 세 편의 점복 설화에서 주인공의 직업과 신분이 다름에도 불구하고 모두 부인이 있다는 것, 그 부인이 주인공이 집을 떠난 사이에 다른 남자와 간통을 하고서 남편을 죽일 계획을 세운다는 것은 공통적이다. 그리고 이들 설화에서 원래 이들의 계획이나 점괘에 나온 운수대로라면 주인공이 죽었어야 하는 상황이지만 주인공의 부인이 대신 죽게 된다는 것도 공통

---

6 이에 대해서는 〈정수경전〉을 살피면서 자세히 분석해 보도록 하겠다.

고전소설과 운명 이야기

점이다.

점복 설화로 향유된 이야기 유형에서 이렇게 남편을 죽게 하는 존재가 어처구니없게도 다름 아닌 아내인 이유가 무엇일지 생각해 볼 필요가 있다. 일반적으로 구비설화가 민간에 떠도는 이야기라는 특성상 어디선가에 있을 법한, 있었을 가능성이 높은 이야기라는 점에서 보면 이런 일들이 흔히 일어나는 일이기 때문으로 생각해 볼 수 있다.

남편이 먼 길을 떠나 버리고 몇 년씩 소식도 없는 상황이라면 홀로 남겨진 아내의 입장에서 이런 선택을 할 가능성이 높을 것 같다. 그렇지만 간부와 남편을 죽일 계획을 짜고 이렇게 실행을 했다는 점에서 보면 남편 대신 죽은 것이 마땅해 보이기도 한다. 살인이라는 범죄 자체도 간악하지만, 정을 통한 외간 남자를 이용하여 남편을 죽이려고 했다는 설정이 이야기 향유 집단 내에서 공분을 살 만한 일이기 때문이다.

그리고 〈세 대롱의 예언, 一黃白三一〉에서와 같이 주인공이 죽을 위기에서 벗어날 수 있도록 점괘를 해석해 준 김 정승의 딸이 자발적으로 주인공과 혼인한 결과를 볼 때, 위기를 벗어나게 해 준 점괘가 새로운 행운을 얻게 하는 데까지 기여한 것으로 볼 수 있다. 다른 두 이야기에서도 주인공은 죽을 위기를 겪고 마침내 행복한 결말을 맞이하면서 다들 새로운 배우자와 결혼하는 양상을 보인다.

이렇게 볼 때 점복 설화는 다양한 계기로 점을 본 주인공이 점괘를 충실히 따르고 해석해 주는 조력자를 만나 죽을 위기를 피하는 이야기라 할 수 있다. 그러면서 집안 내에 있는 간악한 배신자, 즉 부인을 처벌하고 새로운 배우자를 만나는 이야기이다.

고전소설과 운명 이야기

## 2. 연명

연명 설화는 수명을 연장하는 것과 관계된 이야기이다. 연명 설화가 운명 이야기의 하나가 될 수 있는 것은 죽음이라는 것이 사람의 뜻에 따라 결정되는 것이 아니라 정해진 운수에 따라 닥쳐오는 것이기 때문이다. 그래서 자신의 죽을 운명을 알게 된 이야기의 주인공은 운명을 순순히 받아들이거나 어떻게 해서든 그 죽을 운명을 피해 가거나 이겨내고자 하는 욕구를 갖게 된다. 연명이라는 주제가 넓은 범위에서 운명 이야기에 속할 것이기에 운명 이야기의 하나로 연명 설화를 다룰 수 있다.

이제까지의 연구에서 언급된 것처럼 연명 설화로 지칭되는 이야기들은 기본적으로 단명이라는 문제를 다루고 있다. 단명을 알게 되면서 연명을 시도하는 이야기이기 때문이다. 그런데 연명 설화만 놓고 보면, 여기 속하는 이야기들 중에는 〈남북두칠성과 단명소년〉과 같이 중국에서 전래되었다고 보이는 것이 있고7, 호환 설화와 같이 연명 설화와 분리

7 정재민과 오수정에 의하면 손진태(손진태, 『한국민족설화연구』, 을유

하여 별도로 보아야 할지 포함해야 할지 고민되는 것도 있다.[8] 그리고 연구자에 따라서는 단명 설화와 연명 설화를 분리하기도 하고 동일한 범주로 다루기도 한다. 여기에서는 사람의 운명과 관련되는 이야기는 모두 포괄한다는 관점에서 굳이 구별하여 분리하지는 않도록 하겠다.

정재민은 연명 설화에서 서사 전개의 가장 중요한 부분이 수명 연장에 있다고 하면서, "1) 등장인물의 성격과 역할은 어떠한가?, 2)모색된 방도의 실현과정은 어떻게 이루어지는가?"를 기준으로 하여 연명 설화를 치성감응형과 출가도액형으로 나누었다. 그리고 치성감응형을 치성 받는 신에 따라 그 하위 유형을 칠성감응형, 차사감응형, 염왕감응형으로 나누고, 출가도액형은 정승딸과의 혼인이 문제 되는지의 여부에 따라 혼인도액형과 고행도액형으로 나누었다.[9]

문화사, 1987)와 정규복(정규복, 「연명 설화고」, 『어문논집』 11권 1호, 안암어문학회, 1968, 7-21쪽)이 〈남북두칠성과 단명소년〉을 대상으로 중국에서 연명 설화가 전파되었다고 논하였는데, 이는 특정한 설화 한 편만 다루어 연구 범위가 협소하다 하였다(오수정, 「연명 설화 연구」, 한국교원대학교 대학원 석사학위 논문, 2003, 2쪽).

8 정재민은 호환 설화와 연명 설화를 다른 것으로 보지만 오수정은 호환 설화를 연명 설화에 포함하고 있다(정재민, 「연명 설화의 변이양 상과 운명인식」, 『구비문학연구』 3, 한국구비문학회, 1996, 350-351 쪽.; 오수정, 「연명 설화 연구」, 한국교원대학교 대학원 석사학위 논문, 2003, 8쪽).

이제 연명 설화 몇 편을 살펴보도록 하자. 다음은 〈단명
(短命)하게 태어난 아이〉[10]의 주요 서사 내용이다.


1. 한 사람이 아들을 낳았는데 중이 와서 단명한다고 하였다.

2. 아들의 엄마가 중에게 단명한다고 했냐 하니, 중이 아들이 단
   명하지 않으려면 절에 가서 십 년을 공부해야 한다고 한다.

3. 절에서 공부하던 어느 섣달 그믐날 중들이 집에 다 가버리
   고 혼자 남아 공부를 하는데 밖에서 "투구야!"라고 부르니
   중천장에서 대답을 하고 아들에 대해 묻고 답하는 대화가
   세 번 반복되지만 아들은 공부만 한다.

4. 대화하는 소리가 멈추자 아들이 덜그럭거리는 소리를 내
   고서는 밖에서 들린 소리를 흉내내어 "투구야!"라고 부르
   고 아까 그 사람들이 누구냐고 물으니 이 방에 묻힌 금덩
   어리 네 개가 있는데 그믐날 저녁이면 나오는 것이라 한
   다. 그 말을 듣고 중천장을 향해 "너는 무엇이냐?" 하니 위
   에서 큰 지네가 떨어져 죽었다.


---

9 정재민, 「연명 설화의 변이양상과 운명인식」, 『구비문학연구』 3, 한국
   구비문학회, 1996, 352-353쪽.
10 전라남도 해남군 산이면에서 채록된 설화로 한국구비문학대계에
   [산이면 설화 21]로 수록되어 있다(https://gubi.aks.ac.kr).

5. 아들이 죽었을 줄 알았던 중들이 아들의 말을 듣고 금을 확인하고 아들은 명을 연장하여 잘 살았다.

〈단명(短命)하게 태어난 아이〉의 주요 서사는 단명할 운명이라는 것과 단명하지 않을 방도를 중에게서 들은 아이가 성실히 그 방도를 실천하여 원래의 단명할 운을 극복한다는 것이다. 이 설화에서 중이 왜 이 아이에게 예언을 하게 되었는지는 설명되지 않고 있고, 단명할 운에 대한 이유도 제시되지 않고 있다. 단명할 것에 대한 말은 아이가 직접 듣지만, 단명을 피할 길을 알게 되는 것은 아이 엄마가 중을 다시 데려오게 해서이다.

이야기 내용에서 확실한 부분은 단명을 피할 방법이 단한 가지 있다는 것이다. 그리고 아이가 단명할 운을 피할 방도는 매우 불교적이다. 왜냐하면 반드시 절에 가서 십 년을 공부해야 한다는 것이기 때문이다. 단명할 운에 대해 알게 된 통로나 방법 모두 불교적이다. 그리고 단명할 아이는 중이 제시한 방도를 철저히 실행하여 마침내 연명하게 된다. 이렇게 단명을 피할 방도가 종교와 관계되는 것은 〈남북두칠성과 단명소년〉과 연결지어 볼 수 있다. 원래 〈남북두칠성과 단명소년〉과 같은 연명 설화는 초월적 존재에게 기원하여 단명을 연명으로 바꾸는 것이라는 점에서 〈단명(短命) 하게 태어난 아이〉에 제시된 방도가 절에서 십 년간 공부를 한다는 것이 초월적 존재에게 기대는 방식의 변용으로 볼 수 도 있는 것이다.

흥미로운 것은 단명을 피하기 위한 방도가 단지 연명을 위한 것뿐만 아니라 숨겨진 금을 찾는다는 재물과 관련이 있 다는 점이다. 이 이야기 구술자의 이야기로는 이 부분에 대 해 충분히 확인할 수 없다. 그렇지만 이야기의 정황상 추측 건대, 아이가 십 년을 보내게 된 절에는 그믐날마다 괴변이 있었던 것 같다. 왜냐하면, 아이가 혼자 남게 된 이 그믐날 밤에 중들이 모두 밖으로 나가면서 아이에게도 피할 것을 권 고했기 때문이다. 그리고 중들이 돌아왔을 때 한 행동으로 보아 이를 알 수 있다.

> 아 그라고 막 공부만 하고 있응께는 그 중들이 아주 서로
> 문을 안 널락 해.
> 애가가 죽고 없다고 인자 저녁에.
> 그랑께 죽어부렀다고 서로 들끄셔갖고 가서,
> "늬가 모냐 문 널어라!"
> "늬가 모냐 문 널어라!"

그람스로 문 넝께 애기가 뭐 공부만 여전하니 하고 있그덩.

위에서 보듯이 아이가 혼자 공부하고 있었던 방에 들어가지를 못하고 서로 미루고 있다. 이는 아이가 죽었을 것이라고 다들 생각했기 때문이다. 그래서 아이를 옮기기 위해 들것을 가져가기도 했을 것이다. 이는 중들이 도망치듯 그믐날 밤에 다 나가면서 아이에게도 꼭 가라고 했는데, 아이가 혼자 남아 있었기 때문에 변을 당했다고 생각했던 것이다.

실제로 이야기가 전개되는 상황도 아이가 어디론가 도망을 가야 할 것 같은 분위기이다. 아이가 혼자 남겨져 있는 동안 밖에서 덜그럭 덜그럭 하며 시끄러운 소리가 났고, 중천장에서 어떤 목소리가 있어 대화를 나누었기 때문이다. 그리고 그 대화의 내용은 남겨진 아이가 절에서 공부하는 이유에 대한 것이었다.

여기서 주목해야 할 부분이 아이의 태도이다. 아이는 혼자 남겨져 공부를 할 때에 밖에서 덜그럭거리는 소리가 나고 중천장에서 소리가 나는 데에도 꿈쩍하지 않는다. 그리고 그 대화 내용을 귀기울여 듣고 있다가 밖에서 나던 소리를 흉내내어 중천장에게 묻고, 마침내 중천장에 있던 지네를 떨어뜨려 위기를 모면한다.

중천장 속에서 대답을 해.

"느이 집이는 먼 손님이 와서 이 밤중이 다 되어도 잠을 안 자고 공부만 하고 있냐?"

"그것이 아니라 아문 데 아무 자석이 밍이 단명하다고 해서 이 절 공부를 십 년을 하라고 해서 한답니다." 그래.

그라면 없어졌다가 잉 또 그라고 그라고 그 소리를 꼭 시 번 하그덩.

인자 애기가 그래도 보도 안 하고 뒷도 안 돌라보고는 그라고 인자 한참 지달려도 아무 소리가 없어.


단명할 운명을 가진 아이가 이겨내야 하는 것은 절에서 혼자 십 년 간 공부하는 것이었지만, 그 연명의 방도에는 중천장에 숨어 있던 지네를 처단해야 하는 과제가 포함되어 있었던 것이다. 마침내 절에서 일어나는 그믐날 밤의 괴변을 이겨낸 아들에게 주어진 포상은 단명의 운 극복, 즉 연명뿐만 아니라 금덩이도 포함되었다.

이렇게 보면 〈단명(短命)하게 태어난 아이〉의 주요 서사는 단명이라는 불운을 가진 인물의 이야기로 시작되었지만 결국은 수명과 재물을 모두 갖는 영웅 이야기로 마무리된다. 자신에게 원래 정해져 있던 운명을 극복해 내었다는 점에서 주인공 아들은 영웅이라고도 할 수 있겠다. 그리고 그 방식은 지하국대적퇴치 설화처럼 괴력이나 초월적 힘을 갖고 있는 존재와 대결하여 이기는 것이다. 단 대결하는 방식이 도술이나 무술이 아니라 말이라는 점이 다르다.

단명할 운을 지니고 태어났지만 연명하게 된 다른 아이 이야기를 보도록 하자. 다음은 〈삼정승의 딸을 얻은 단명소년〉[11]의 서사 내용이다.

1. 서당 다녀오던 아이가 동냥 온 중에게 몰래 쌀을 퍼주니 고맙다고 하면서 "아까운 인생 죽겠다." 하였다.

2. 중에게 살 도리를 물으니 삼정승 딸과 하룻밤 동침해야만 살 수 있다 한다.

3. 아이가 이 말을 듣고 무작정 집을 떠나 돌아다니다가 오리가 끌어주는 배를 타고 강을 건너에서 삼정승 딸이 공부하고 있는 초당을 가게 된다.

4. 삼정승 딸이 초당에서 글을 읽는데 남자가 책을 같이 읽는 소리가 나서 내다보게 된다. 사람인지 귀신인지 물어 사람

11 서울시 도봉구 수유3동에서 채록된 설화로 한국구비문학대계에 [수유동 설화 59]로 수록되어 있다(https://gubi.aks.ac.kr).

이라 하니 방으로 들어오라 한다. 원래 초당에는 이 정승, 김 정승, 정 정승의 딸이 공부하고 있었는데, 둘은 잔치 구경 가고 한 명만 있었다. 아이에게 어떻게 오게 되었는지를 사연을 들은 여자가 아이에게 벽장에 들어가 있으라 한다.

5. 잔치 구경 갔던 딸 둘이 오자 벽장에 있던 아이를 나오게 하여 함께 지내는데, 시종들이 수상히 여겨 오라버니들한테 말하여 들키게 되지만 아이를 죽이지 못한다.

6. 혼인 잔치를 앞둔 맏딸에게 새서방이 오자 곤욕을 치르게 하여 내보내고, 아이는 천상배필로 삼정승 딸을 다 데리고 살게 되었다.

7. 아이는 과거에 장원급제하여 자신의 아버지에게 돌아가 잘 산다.


〈삼정승의 딸을 얻은 단명소년〉의 주인공 아이는 자신의 단명할 운수에 대해 알게 된 계기가 자신이 동냥하러 온 중에게 베푼 쌀 덕분이다. 쌀을 몰래 퍼주었다고 했으니 구체적인 정황에 대한 서술은 없지만 아마 다른 사람들은 동냥하는 중을 무시하거나 모른 체 한 것 같다. 그렇지만 이 아이는 은혜를 베풀었으니 그에 대한 보답의 일환으로 중이 소년의 운명을 알려주었을 것이다. 그리고 단명할 운을 바꿀 도리는 너무나 어려운 것이어서 해결할 방도를 묻는 아버지에게 대답도 하지 않으려 하고, 겨우 대답을 하면서도 살 도리가 딱 한 가지밖에 없는데 어렵다고 한다.

이 아이 역시 자신의 단명할 운과 방도를 알게 되자 무작정 길을 떠난다. 그러면서 삼정승 딸이 어디 있는지도 모르면서 그 방법이 아니면 죽는 것이기 때문에 삼정승 딸들을 찾아 돌아다닌다. 그리고 기이하게도 보통 사람들은 도저히 건널 수 없는 강을 오리의 도움으로 건너서 삼정승의 딸들이 공부하고 있는 초당에 가게 된다. 초당에서 글 읽는 딸의 소리를 소년이 따라 하자 "날아오는 새도 못 들어오는데 '이거 구신(鬼神)이다"라고 했으니 기이한 방법으로 현실에서 있기 힘든 일을 해 낸 것이라 할 수 있다. 뿐만 아니라, 소년은 삼정승의 딸들을 설득하여 관계를 맺기에 이르고, 과거에 급제하여 잘 살게 된다.

단명할 운명을 가진 아이가 단명을 피하기 위해 삼정승의 딸과 인연을 맺는 이야기는 다양한 형태로 상당히 많이 퍼져 있는 것으로 파악된다.[12] 소인호가 정리한 삼정승 딸과 단명

---

12 김정석, 「〈홍연전〉 연구」, 『이우성선생 정년퇴임기념논총』, 여강출판

소년이 관련되는 이야기의 공통 단락은 다음과 같다.[13]

    (1) 어떤 사람이 독자를 두었다.

    (2) 동냥승이 나타나 아이의 단명할 운명을 말한다.

    (3) 요청에 못이겨 해결 방법을 일러주는데, 그것은 삼정승의
        딸을 취하는 것이다.

    (4) 길을 떠나 우연히 팥죽장사 노파의 딸과 관계를 맺고, 그
        녀의 도움으로 김 정승집에 이른다.

    (5) 김 정승 딸의 도움으로 나머지 두 정승의 딸과 관계를 맺
        는다.

    (6) 삼정승 딸의 도움으로 죽을 고비를 넘기고 과거에 급제하
        여 잘 산다.


    이를 〈삼정승의 딸을 얻은 단명소년〉과 비교해 보면, 동
냥승이 아이에게 단명할 운명을 예언한다는 것, 단명을 해결
할 방법이 삼정승의 딸을 취하는 것, 삼정승 딸과 관계를 맺

---

    사, 1990, 470-475쪽; 소인호, 「연명 설화의 연원과 전개 양상 고찰」,
    『우리문학연구』 12, 우리문학회, 1999, 119쪽.
  13 소인호, 「연명 설화의 연원과 전개 양상 고찰」, 『우리문학연구』 12,
    우리문학회, 1999, 119-120쪽.

고 과거에 급제하여 잘산다는 것이다. 그런데 (4)번에서처럼 팥죽장사 노파의 딸은 〈삼정승의 딸을 얻은 단명소년〉에 등장하지 않는다. 대신 오리가 나오는데, 사실 이야기의 현실적 가능성을 따져본다면 (4)번과 같은 이야기가 더욱 현실적이라 할 수 있을 것이다.

삼정승과 단명소년이 관련되는 이야기의 핵심은 단명할 소년이 삼정승의 딸과 연을 맺고, 그것이 힘이 되어 연명도 하고 출세도 한다는 것이다[14]. 이야기에 따라서는 단명하게 되는 이유가 제시되기도 한다. 예를 들어 호환을 당하여 단명한다는 것이다.[15] 여기서 가장 중요한 것은 단명할 운명을

---

14 정재민은 연명 설화의 구조를 '단명 예언 - 방도 모색 - 방도 실현 - 방도 실현의 결과'의 4단락으로 구분하였다(정재민, 「연명 설화의 변이양상과 운명인식」, 『구비문학연구』 3, 한국구비문학회, 1996, 351쪽).
　　　　이러한 연명 설화의 구조는 주인공이 단명할 것이라는 예언을 듣고, 예언자에게서 방도를 찾고, 길을 떠나 방도를 실현하고, 그 결과 연명을 하게 되는 것으로 상세화할 수 있다. 이는 여기서 살펴본 단명할 아이와 관련되는 이야기에도 공통적으로 적용된다. 한편 정재민은 삼정승과 관련된 단명할 소년의 운명 극복 이야기는 1)단명소년이 '미성년'에서 '성년'으로 변화, 성장하였다는 것, 2)사회적 측면에서 가정에서 사회적 구성원으로의 질적 변화가 일어났다는 것, 3)가문 차원에서 소년의 운명 극복이 다남과 가문의 번성을 가져온다는 것 등에서 의미를 찾았다(정재민, 『한국 운명 설화 연구』, 제이앤씨, 2009, 134-140쪽).
15 호환을 소재로 한 연명 설화도 꽤 있는 것으로 파악된다. 〈삼정승

고칠 수 있는 방도가 오로지 여인들과의 관계와 도움이라는 것이다.[16] 그리고 그 여인들과의 관계는 주어진 것이 아니라 주인공 단명소년이 성취한 것이다. 〈삼정승의 딸을 얻은 단명소년〉이나 다른 이야기에서도 주인공은 자신의 단명운을 듣고서 과감히 집을 떠나고, 험한 여정을 거쳐 여성들과 용감하게 만나 관계를 맺기 때문이다.

이러한 점에서 보면 〈삼정승의 딸을 얻은 단명소년〉과 같은 이야기 역시 성공한 남성의 이야기이면서, 목표로 하는 여성과의 결연이 성취라는 점에서 지하국대적퇴치 설화와

---

딸 만나 목숨 구한 총각〉, 〈호환 면하고 얻은 의복과 통소〉 등이 있다 (정재민, 『한국 운명 설화 연구』, 제이앤씨, 2009, 154-158쪽.; 김혜미, 「구비설화 〈삼정승 딸 만나 목숨 구한 총각〉에 나타난 죽을 운명과 그 극복의 의미」, 『겨레어문학』 62, 겨레어문학회, 2019, 5-30쪽).

16 이에 대해 소인호는 다음과 같이 분석하였다.

"정렴 설화에서는 운명 주관자가 직접 연명시켜 주는 것이었고, 그러한 틀 속에서 점차 연명 당사자의 고난 극복 노력을 중요시하는 방향으로의 변화를 보였다. 그러다가 문제 해결 방법 자체가 개인의 현실적 이상 추구와 결합되면서 신의 존재는 불필요하게 된 것이다. 그 대신 삼정승의 딸을 취한다는 것 또한 현실적으로 거의 실현 불가능한 일이기 때문에 팥죽장사의 딸과 같은 새로운 조력자의 도움이 필요하게 된다. 그리고 '세 노인' 혹은 '세 선비'의 모습으로 변모되었던 연명 주관자의 기능은, 개인의 운명적 위기를 헤어나는데 필요한 탐색의 대상이자 개인의 현실적 이상 추구의 조력자인 삼정승의 딸에게로 대체·전이되는 것이다"(소인호, 「연명 설화의 연원과 전개 양상 고찰」, 『우리문학연구』 12, 우리문학회, 1999, 120쪽.).

유사성을 보인다. 물론 단명소년의 경우에는 자신의 문제를 해결하기 위해 여성을 목표로 하여 얻는 성취인데 비해, 지하국대적퇴치 설화는 지하국 괴물에게 갇혀 있는 여성을 구출하여 얻는 성취라는 점에서 성격이 다르다. 그럼에도 여성과의 결연 과정에 단순한 사람의 힘으로 간단히 해결할 수 없는 문제, 즉 수명과 초현실적 괴물이라는 난관이 있고, 이를 헤쳐나가고 이겨내어 마침내 결연한다는 점에서 유사성이 있다는 것이다.[17]

---

17 〈단명(短命)을 모면한 이운선〉도 이러한 유형에 속하는 이야기라 할 수 있다. 이 이야기에서도 단명을 피하기 위해 상시관의 딸과 인연을 맺는데, 그 여인과의 연인을 통해 과거에 급제도 하고 수명도 연장한다. 그런데 여기서 처음에 단명을 아는 것은 동냥하러 온 중의 말을 통해서이지만 상시관의 딸과 인연을 맺어야 한다는 방도는 시종 개똥이가 본 점을 통해서이다. 다시 말해, 삼정승과 단명소년 이야기에서는 삼정승의 딸 3명이라는 여인들과 인연을 맺지만, 〈단명(短命)을 모면한 이운선〉에서는 상시관의 딸로 달라지고, 팥죽장사의 딸이 아니라 집에서 데려온 개똥이라는 노비가 주인공의 조력자이다.

## 3. 과거길 보쌈

　운명 이야기와 관련될 수 있는 설화 중 과거 보러 가는 길에 횡액을 당하는 이야기를 선정하여 살펴보고자 한다. 소위 과거 설화라고 지칭되는 설화는 과거 보러 가는 일과 관련되는 모든 이야기가 해당될 수 있어서 그 내용이나 주제가 매우 다양하다. 과거 설화의 대표적인 예로 박문수 설화를 들 수 있는데, 박문수와 관련된 설화들 중에 과거 설화가 많은 것은 박문수가 과거 급제하게 된 이야기나 박문수가 과거 보러 가는 길에 있었던 이야기가 다수 있기 때문이다. 그런가 하면 과거 문제를 미리 알려 주어 과거 급제를 시켜주는 유형의 이야기도 있다.[18]

　여기서는 과거 보러 가는 길에 관련된 다양한 이야기 중에서 보쌈과 연결되는 이야기로 한정하여 살펴보고자 한다. 과거 보러 가는 이야기는 다른 이야기의 배경이나 상황으로 작용하여 복합적으로 연계되는 경우가 많아, 이 절에서는 보

---

18 김소영, 「과거 설화의 유형과 의미 연구」, 『문창어문논집』 49, 문창어
　　문학회, 2012, 6-8쪽.

쌈과 관련되는 이야기로 한정한 것이다.[19]

한편 보쌈과 관련된 설화가 운명 이야기의 하나가 될 수 있는 것은 남자든 여자든 혼인은 중요한 인생의 갈림길로 작용하기 때문이다.[20] 그런데 혼인을 정상적으로 할 수 없는 경우 은밀한 방법으로라도 혼인을 시도하기도 했는데 그것이 바로 보쌈이다. 보쌈은 개인적 욕망을 채우기 위해 사회적으로나 공식적으로는 용인되기 어려운 방법, 불법적인 방법으로 이루려는 시도라는 점에서 이러한 이야기는 송사나 복수 이야기의 일환으로 다루어져야 할 것처럼 보이기도 한다.

여기에서 다루는 보쌈과 관련된 설화는 남성이 보쌈을 당하여 운명이 달라진 이야기이다. 과거 보러 가는 주인공은 남자이며, 보쌈을 당하는 상황이 과거를 보러 가는 길이기 때문이다. 그리고 흥미롭게도 이 이야기의 결과는 여성과의

---

19 과거 보러 가는 길에 어떤 일을 겪었다는 것이나 어떤 일 끝에 마침내 과거에 급제하게 되었다는 설정은 많은 이야기들에서 볼 수 있기 때문이다. 예를 들어 점복 설화나 연명 설화에서도 과거 보러 가는 이야기, 과거 급제하는 이야기를 종종 볼 수 있다. 그래서 과거 설화를 별도로 다루지 않고 과거 길에 보쌈 당한 이야기로 한정지어 보고자 한다.

20 그래서 보쌈 설화는 혼인 설화의 하나로 간주되기도 한다. 이영수는 『한국구비문학대계』와 여러 구전자료집에 전하는 보쌈 설화 44편을 선정하여 보쌈 구전설화의 전승 양상을 살핀 바 있다(이영수, 「보쌈 구전설화 연구」, 『비교민속학』 69, 비교민속학회, 2019, 267-269쪽).

결연이다. 그래서 과거 보러 가는 남성이 보쌈을 당한 것은 변을 당한 것이지만 결국 정승가 딸과 혼인하게 된다는 점에서 불운이 행운으로 변하는 운명 이야기가 된다. 과거를 보아 급제를 하는 것도 운명의 긍정적 변화이지만 동시에 좋은 집안의 여인과 혼인을 하는 것도 운명적 만남이자 운명의 변혁인 것이다.

다음은 〈보쌈에 든 신랑을 구한 정승 딸〉[21]의 주요 내용이다.


1. 과거 보러 가는 선비들을 보쌈해서 물에 집어넣어 죽이는 나쁜 사람들이 있었다.
2. 심 정승 딸과 이 정승 딸이 있었는데 선비 하나를 보쌈해서 넣을 것이라는 말을 들었다.
3. 공부만 하던 이 정승 딸이 선비를 살릴 방법으로 아버지에게 돈을 주면서 보쌈한 사람들에게 주면 선비를 살릴 것이라 한다.
4. 돈을 주어 선비를 살린 이 정승은 과거 볼 선비와 자신의

---

21 둔내 1리에서 채록된 자료로 『한국구비문학대계』 2집 7책, 253-254쪽에 [둔내면 설화 77]로 실려 있다(https://yoksa.aks.ac.kr).

딸을 혼인시켰다.

이 설화는 과거 보러 가던 선비가 보쌈을 당하여 죽는 사건을 이 정승 딸의 도움으로 해결하여 선비를 살리고, 살아난 선비는 이 정승 딸과 혼인하게 된 과정을 이야기하고 있다. 구연자의 말에 불분명한 부분들이 꽤 있어서 정확한 정황은 알 수 없지만, 대체적인 서사는 과거 보러 가는 선비들이 보쌈을 당해 죽는 일들이 많이 일어나는데, 한 선비의 보쌈을 알게 된 이 정승이 선비를 살릴 방도를 딸에게 물어보고, 이 정승의 딸은 돈으로 선비를 살릴 수 있다는 지혜를 내어 마침내 선비를 살린다는 것이다.

선비의 입장에서 보면, 과거를 보러 가다가 횡액을 당하였지만 구원을 받은 것이다. 이 정승은 정의와 긍휼을 지닌 인물이어서 죽게 된 선비를 살릴 방도를 찾아 마침내 선비를 사위로 맞았다. 혼인 후의 이야기가 구술되지 않아서 알 수는 없지만 아마 선비는 과거에 급제했을 것이므로, 이 정승의 입장에서는 능력 있는 선비를 얻은 셈이다. 이 정승의 딸은 뒷방에서 공부만 했다는 것으로 보아 여성으로서는 특별하게 글을 익히고 지식을 쌓은 사람이고, 선비를 살릴 방도를 찾는 지혜를 가진 능력 있는 사람이다.

　　　　　　　　　　　　　고전소설과 운명 이야기

이렇게 서사 전개를 정리해 보면 과거 보러 가는 길에 보쌈을 당한 선비는 죽을 운명을 이 정승 딸의 도움으로 바꾼 것이고, 이 정승 딸이라는 지체 높은 집안의 능력 있고 지혜로운 여인을 만나는 운명을 맞이한 것이다. 이 정승의 딸은 자신의 남편을 자신의 지혜로 얻었다는 점에서 운명을 개척한 것이다. 그래서 〈보쌈에 든 신랑을 구한 정승 딸〉은 보쌈에 든 신랑에게나 신랑을 구한 정승 딸에게나 새로운 운명이 만들어진 이야기라 할 수 있을 것이다.

여기서 주목되는 것은 이 이야기에는 여느 운명 이야기처럼 나쁜 일이 닥쳤는데, 그 나쁜 일이 과거 시험 그리고 보쌈과 관련되고, 조력자가 있는데, 그 조력자가 여성이라는 점이다. 그래서 이 이야기는 운명 이야기라는 측면에서 보면 여성과의 인연으로 도액하는 유형과 관련이 있다.

다음으로 〈황백삼(黃白三) 잡은 얘기〉[22]를 보도록 하자. '황백삼'과 관련된 이야기는 앞서 점복 설화를 살펴볼 때 〈세 대룡의 예언, ─黃白三─〉에서도 볼 수 있었다. 이 〈황백삼(黃白三) 잡은 얘기〉에도 점복 설화의 요소가 있지만, 여기

---

22 용두리 사청말에서 채록된 자료로 『한국구비문학대계』 4집 1책의 522-531쪽에 [고대면 설화 7]로 수록되어 있다. (https://yoksa.aks.ac.kr).

서는 과거 길 보쌈이라는 측면에서 살펴보도록 한다.

1. 부친을 일찍 여의고 홀어머니 밑에 자란 아이가 과거를 보러 가게 되었다.

2. 과거를 보러 가다 용한 점쟁이가 있다 하여 점을 보게 되었다.

3. 봉사 점쟁이는 과거급제는 틀림없이 하겠지만, 죽을 수가 세 번 있다 하고, 첫 번째 수는 마음만 잘 먹으면 살고, 두 번째 수는 돈을 가지면 살고, 세 번째 죽을 수는 도무지 모면할 수가 없다 했다.

4. 아이는 간곡하게 세 번째 죽을 수를 면할 방법을 알려달라고 애원하여 종이조각 하나를 받았다. 봉사 점쟁이는 죽을 지경에 이르렀을 때 종이를 내어놓으면 모면될 수 있을지 모른다 하면서 중간에 보지 말라고 한다.

5. 과거 길을 가다가 주막에 들어 자려고 하니 예쁜 여인이 바깥주인이 없다 하면서 안방에서 같이 자자고 하였지만 거절하였다. 마침 그때 바깥주인이 들어와서 위기를 모면하게 되었다.

6. 김 정승상집과 박 정승집에 각각 딸이 있었는데 김 정승 딸 나이가 한 살 더 많아 장원 급제한 사람을 사위 삼기로

고전소설과 운명 이야기

했었는데 김 정승 딸은 상처할 수라 거지를 잡아 딸 방에 넣었다가 강물에 띄워 죽이려고 했다.

7. 아이가 서울에 도착하여 어디 자야 할지 몰라 돌아다니다 가 김 정승집 하인들에게 잡혀 보쌈을 당하였다. 김 정승 딸은 아이를 불쌍히 여겨 금 두 덩이를 주었다.

8. 아이가 강가에서 죽을 지경에 이르렀을 때 하인들에게 금 두 덩이를 주고 살게 되었다. 아이는 과거에 장원 급제해 서 박 정승 집에 장가를 가게 되었는데 첫날 밤 화장실을 다녀오니 신부가 칼에 맞아 죽어 있었다.

9. 아이는 신부를 죽였다는 누명을 쓰고 관가에 잡혀 죽게 되 었을 때 종이조각 생각이 나서 제출하였는데, 그 종이조각 은 누런 데 흰 백 자(子) 세 개가 쓰여져 있었다.

10. 아무도 종이조각 해석을 못하고 있는데 김 정승 딸이 황 백삼을 잡으라고 하여 잡았다.

11. 황백삼은 알고 보니 신부와 정을 통하던 하인이었는데, 김 정승 딸의 혼인 소식에 살인을 한 것이었다.

12. 도망친 황백삼은 김 정승 딸에게 복수하러 갔다가 함정 에 빠져 잡혀 죽었다.

13. 아이는 김 정승 딸과 혼인하여 잘 살았다.

〈황백삼(黃白三) 잡은 얘기〉의 주인공은 홀어머니 밑에 자란 아이로 과거를 보러 가다가 점을 보게 되어 자신에게 닥칠 위기를 알게 된다. 무사히 두 번의 위기는 넘기지만 점쟁이의 말대로 세 번째 위기는 도저히 넘길 수 없게 된다. 흥미롭게도 주인공이 겪는 위기는 모두 여인들 때문인데, 위기에서 벗어나는 것도 여인 덕분이다.

첫 번째 위기는 주막집 여인의 유혹으로 인해 생긴 것이고, 두 번째 위기가 김 정승 딸의 과부 될 운명을 막기 위한 보쌈이었다. 세 번째 위기는 박 정승의 딸과 혼인하는 날 신부가 칼에 찔려 죽어 살인범으로 몰린 것이다. 이 이야기에서 보쌈과 관련되는 부분이 6, 7번 내용이다. 주목되는 것은 주인공이 보쌈을 당한 이유가 김 정승 딸의 나쁜 운명을 바꾸기 위한 것인데, 결과적으로는 주인공의 운명이 바뀌게 되는 계기라는 것이다. 그리고 9번에서 볼 수 있듯이, 주인공이 살인범으로 몰려 관가에 잡혀 있을 때 종이조각에 쓰인 글자의 뜻을 해석한 여인이 바로 주인공을 액막이용으로 보쌈했던 김 정승의 딸이어서 주인공과 김 정승 딸의 깊은 인연을 알 수 있다.

정리하자면, 〈황백삼(黃白三) 잡은 얘기〉에서 주인공이 과거 보러 가는 길에 당한 보쌈은 김 정승의 딸로 인한 죽을

　　　　　　　　　　　　고전소설과 운명 이야기

위기였으나 그녀가 준 금덩이로 살게 되고, 과거급제라는 경사가 살인범 누명을 쓰게 되는 악재였으나 결국 김 정승의 딸과 혼인하게 된다. 이 이야기에서 운명 이야기의 큰 흐름은 과거 보러 가는 길에서 본 점괘대로 실현되는 것인데, 그러한 서사 전개 중에 보쌈 사건이 일어나고, 보쌈을 통해 인연을 맺은 여인과 혼인한다는 작은 단위의 운명 이야기가 포함되어 있다.

점복에 의해 서사가 전개된다는 점에서 〈황백삼(黃白三) 잡은 얘기〉는 〈세 대롱의 예언, 一黃白三一〉과 유사성이 있다. 이외에도 두 이야기는 공유하는 서사가 있는데, 이를 비교해 보기 위해 다음과 같이 서사 단락 내용을 정리해 보았다.

| 〈황백삼(黃白三) 잡은 얘기〉 | 〈세 대롱의 예언, 一黃白三一〉 |
|---|---|
| 1. 부친을 일찍 여의고 자란 아이가 과거를 보러 감.<br>2. 과거 길에 점을 봄.<br>3. 죽을 수가 세 번인데, 세 번째는 모면할 수가 없다 함. | 1. 전라도 사는 차씨가 돈으로 벼슬을 얻기 위해 서울로 옴.<br>2. 차씨는 재상들에게 돈을 탕진함.<br>3. 차씨 부인은 샛서방과 차씨를 없애고 도망하기로 함. |

4. 세 번째를 모면용으로 종이조각을 받음.
5. 과거 길에 주막집 여인을 거절하여 위기를 모면함.
6. 김 정승집에서 총각 보쌈을 계획함.
7. 김 정승집에 보쌈 당한 아이는 금 두 덩이를 받음.
8. 아이는 금 두 덩이로 살게 되었고, 장원 급제해서 박 정승집에 장가들었으나 첫날 밤 신부가 죽음.
9. 누명을 쓰고 죽게 되었을 때 종이조각을 주니, 누런 종이에 흰 백 자(子) 세 개가 쓰여져 있음.
10. 김 정승 딸이 종이조각의 뜻이 황백삼임을 알아내어 잡음.
11. 살인자 황백삼은 신부와 정을 통하던 하인이었음.

4. 차씨가 돌아오다가 서른 냥에 점을 봄.
5. 점쟁이는 차씨가 죽을 고비 세 번을 겪으리라 하면서 대롱 세 개를 주었음.
6. 배를 탈 때에 파란 대롱 점괘대로 바위 아래 배를 매지 않아 죽을 위기를 면함.
7. 집에 가서 노랑 대롱 점괘대로 기름을 씻지 않고 자서 살았는데 대신, 부인이 샛서방에게 죽음.
8. 살인범으로 몰린 차씨가 빨강 대롱을 여니 노란 종이에 흰 백자 세 개가 쓰여 있었는데, 이를 김 정승 딸이 해석하여 황백삼을 잡음.
9. 김 정승 딸은 죽게 되었던 차씨를 살리고, 차씨와 혼인하여 서울로 가서 아들 삼형제를 낳았는데 삼판서가 되었음.

고전소설과 운명 이야기

| | |
|---|---|
| 12. 도망친 황백삼은 김 정승 딸에게 복수하려다가 함정에 빠져 죽음.<br><br>13. 아이는 김 정승 딸과 혼인하여 잘 살았음. | 10. 차씨 부부는 고향에 가서 부모님과 잘 살았음. |

위의 표를 비교해 보면 알 수 있듯이, 〈황백삼(黃白三) 잡은 얘기〉와 〈세 대룡의 예언, ―黃白三―〉의 공통점을 다음과 같이 정리해 볼 수 있다.

1) 세 번의 위기 예언 및 실현

2) 세 번째 위기는 아내의 죽음에 대한 누명

3) 범인 이름이 황백삼

4) 황백삼 해석자가 김 정승 딸

5) 주인공이 김 정승 딸과 결혼

두 이야기의 주인공들은 모두 세 번의 위기를 겪는다. 그 위기는 길을 가다 우연히 점을 치고 알게 된 것이고, 세 번째 위기는 모면하기 어렵다는 경고를 겪는다. 그리고 점치는 이로부터 마지막 죽을 위기를 대비하여 받은 것이 있고, 이 세 번의 위기는 두 이야기에서 모두 다 실현이 된다는 공통점이 있다.

그렇지만, 두 이야기의 주인공 면면을 살피면 좀 차이가 있다. 〈황백삼(黃白三) 잡은 얘기〉의 주인공은 부친을 일찍 여의고 홀어머니 아래 자란 아이로 과거를 보러 가는 길에 위기를 겪는다. 반면 〈세 대롱의 예언, -黃白三-〉의 주인공은 돈은 많지만 신분이 중인이어서 출세할 수 없는 계층적 한계를 갖고 있었고, 이미 아내가 있는 몸으로 길을 떠난 것이었다.

그런데, 두 이야기에서 절체절명의 위기, 즉 주인공이 죽음에 이를 상황에 직면하게 된 것은 아내의 죽음 때문이라는 공통점이 있다. 이 두 주인공은 처음에 혼인한 여인에게 배신을 당한 것이다. 계획의 여부에는 차이가 있으나 그 여인들은 남몰래 정을 통하던 남성으로 인해 죽음을 당했다. 그리고 그 배신한 여인의 죽음으로 말미암아 두 이야기의 주인공은 살인 누명을 쓰지만 다른 여인의 조력으로 죽음의 위기를 벗어나 자신을 구한 여인과 혼인한다. 다시 말해 처음 인연을 맺은 여인에게는 배신을 당해 죽을 위기에 다다르지만 지혜로운 여인의 도움으로 위기를 면하고 그 여인과 새로운 인연을 맺는다.

그리고 이 두 주인공은 황백삼이라는 이름의 인물 때문에 누명을 쓰고 죽을 위기에 이르고, 황백삼이라는 범인을 지목할 수 있도록 종이에 쓰인 글을 해석한 조력자는 김 정승의 딸이다. 김 정승의 딸은 두 이야기에서 이름도 동일하고, 지혜로운 여인이라는 점도 같다. 그리고 마침내 이 두 주인공과 혼인하여 잘살게 된다.

〈황백삼(黃白三) 잡은 얘기〉가 〈세 대롱의 예언, -黃白三-〉에 비해 운명 이야기로서 가지는 특징적인 점이 바로 과거 보러 가는 길에 보쌈을 당한다는 것이다. 주인공이 겪은 보쌈은 액막이를 위한 총각 보쌈이다. 총각 보쌈의 대상은 과거 보러 지방에서 올라온 선비나 시골 총각으로 처녀의 상부살을 막기 위한 액막이용으로, 권력이나 재력이 있는 집안에서 한 것으로 보인다.[23]

이 액막이용 보쌈을 김 정승 딸의 입장에서 보면, 자신에게 닥칠 불행한 운명을 피하는 방도이다. 그리고 이 총각 보쌈의 일 뒤에 마침내 제대로 된 혼례를 거치는데, 흥미롭게도 총각 보쌈의 주인공과 혼인한다. 이렇게 보면, 액막이를

---

23  이영수, 「보쌈 구전설화 연구」, 『비교민속학』 69, 비교민속학회, 2019, 285-286쪽.

위한 총각 보쌈은 남성의 입장에서는 새롭게 인연 맺을 여인과 만나는 기회이자 하나의 나쁜 운명을 이겨내는 과정이고 단계이다. 또한 여인의 입장에서는 미래에 자신과 혼인할 남성을 미리 만나는 운명의 순간을 가진 것이다. 그래서 주인공 아이나 김 정승의 딸도 나쁜 운명을 피한 인물이다.

〈보쌈에 든 신랑을 구한 정승 딸〉과 〈황백삼(黃白三) 잡은 얘기〉를 통해서 본 과거 보러 가는 길에 일어난 보쌈에 관한 이야기는 남녀가 인연을 맺게 된 계기, 새로운 운명으로서 맞이할 혼인의 대상을 만나는 기회가 기이하게도 죽음을 맞게 될 보쌈이라는 것이다. 그리고 보쌈이나 당한 남성, 과거를 보아야 하는 아직은 출세하지 못한 이가 김 정승 딸이라는 지체 높은 여인과 혼인을 하게 되는 계기로 작용하고 있음을 알 수 있다.

고전소설과 운명 이야기

# Ⅲ. 〈정수경전〉 속 운명 이야기

## 1. 선행 연구 개관

〈정수경전〉에 대한 연구는 서사 구조, 설화와의 관련성, 송사소설적 특성 등을 중심으로 이루어졌다. 이는 〈정수경전〉을 고전소설의 유형으로 분류할 때 설화에 기반을 둔 소설[1]로 보는가 하면, 송사를 모티프로 한 송사소설로 다루기

---

1 김기동은 〈정수경전〉을 가리켜 점복 설화를 소재로 한 소설이라는 점을 들어 '설화소설'이라고 부른 바 있다(김기동, 「非類型 古典小說의 研究(Ⅱ)」, 『韓國文學硏究』1, 경기대학교한국문학연구소, 1984, 14쪽). 조희웅은 이에 앞서 〈정수경전〉이 중국의 설화와 유사성이 있음을 논증하였으며, 이후 〈정수경전〉에 대해 설화와의 관련성에 대한 연구가 주요한 흐름을 이루고 있다 하겠다. 이러한 연구로

도 하고[2], 서사 구조 상 액운의 극복을 중심으로 한다 하여 액운소설[3]로 지칭한 것과 관련이 있다. 여기서 굳이 〈정수경전〉이 어느 고전소설의 유형에 속하는지를 논하고자 하는 것이 아니다.

이는 〈정수경전〉이 그리 많이 알려지지도 않고 그 특징을

---

다음을 들 수 있다.

이헌홍, 「〈정수경전〉의 제재적 근원과 소설화의 양상」, 『문창어문논집』 24, 문창어문학회, 1987, 25-39쪽.

조희웅, 『한국설화의 유형연구』, 한국연구원, 1983.

2 〈정수경전〉에 대해 송사소설적 측면에서 접근한 연구로 다음을 들 수 있다.

박성태, 「조선후기 송사소설의 유형과 전개양상 연구」, 성균관대학교 대학원 박사학위논문, 2005.

박여범, 「〈정수경전〉의 송사와 의미에 대하여」, 『국어문학』 32, 국어문학회, 1997, 347-365쪽.

이헌홍, 「송사 모티프의 서사적 수용과 그 의미(Ⅱ)」, 『국어국문학』 22, 부산대학교 국어국문학과, 1984, 87-112쪽.

이헌홍, 「조선조 송사소설 연구」, 부산대 대학원 박사학위 논문, 1987.

　　그렇지만 김정석은 〈정수경전〉에 대해 송사소설로 접근하는 것이 적절하지 않다는 관점을 제시한 바 있고(김정석, 「〈정수경전〉의 운명예언과 '기연'」, 『東洋古典研究』 11, 동양고전학회 1998, 9-35쪽). 이러한 관점에 대해 이헌홍은 오히려 운명소설이나 점복소설, 액운소설과 같은 용어가 적절하지 않을 수 있음을 언급하였다(이헌홍, 「〈정수경전〉의 연구사적 반성과 전망」, 『한국민족문화』 19·20, 부산대학교 한국민족문화연구소, 2002, 167-189쪽). 이는 〈정수경전〉의 어떤 특성에 주목하는가에 따라 달라질 수 있는 부분이라 생각된다.

3 박대복, 「액운소설 연구-내용을 중심으로」, 『어문연구』 21권 3호, 한국어문교육연구회, 1993, 415-439쪽.

간명하게 정리하기 어려운 이유와 관련 있어 보인다. 다시 말해 〈정수경전〉과 같은 고전소설이 유형으로 묶일 만큼 많은 작품군을 이루고 있다든지 〈정수경전〉이 다수의 독자들에게 향유되면서 전파된 양상이 포착되지 못했던 점을 말해준다.

한편으로 보면, 이렇게 이제까지 〈정수경전〉에 대한 접근이 송사소설이나 설화와의 관련성을 중심으로 이루어진 것은 〈정수경전〉의 구조나 주요한 서사적 특징이 그러하기 때문이라 할 수 있다. 다시 말해 〈정수경전〉에는 송사와 관련된 이야기가 포함되어 있고, 설화와 관련성을 보이는 이야기들이 있으며 액운의 극복이 나타나는 것이다. 그런데 〈정수경전〉이 가지고 있는 탐색의 구조나 설화와의 관련성, 송사소설적 특징을 두고 어느 한 가지로 좁혀서 설명할 필요는 없다고 판단된다. 이에 이 글에서는 이 모든 〈정수경전〉의 서사적 특징을 포괄하면서 운명 이야기와 관련지어 분석해 보고자 한다.

〈정수경전〉의 경우, 여성 영웅소설 〈정수정전〉과 제목이 유사하여 혼동되는 사례가 많이 있어, 여러 연구들에서 〈정수경전〉임에도 〈정수정전〉으로 지칭되기도 하였다.[4] 선행

---

4 실제로 〈정수경전〉의 이본 중에는 표지의 제목이 〈정수정전〉으로 되어 있는 경우들이 있다. 이 글에서 인용한 국립한글박물관 소장 〈정수정전〉 역시 이 경우에 속한다.

연구에서는 이러한 점들을 논의하며, 〈정수정전〉과 〈정수경전〉을 변별하고, 〈정수경전〉의 특성을 제시하기도 하였다.[5] 그런데 고전소설과 관련하여 운명 이야기, 혹은 운명담을 다룬 연구는 주로 고전소설 유형이나 고전소설의 설화화에 주목하고 있다. 이러한 연구들은 고전소설, 예를 들어 〈정수경전〉의 독자성에 대한 관심보다는 관련 설화에 초점을 두고 있다. 이 연구에서는 〈정수경전〉에 나타난 운명 이야기의 특성을 작품 구조와 인물의 성격과 관련지어 봄으로써 〈정수경전〉의 독자적 특성과 향유의 의미를 살펴보고자 한다.

---

5 이헌홍은 〈정수경전〉을 대상으로 한 선행 연구들을 일람하면서 정리하고 앞으로의 연구 과제에 대해 이본 현황 파악, 이본간 관계 및 대표본 선정, 작품 구조와 주제 및 형성과정 등에 관한 다양하고 심화된 연구, 〈옥중금낭〉과 〈정수경전〉의 상관성 해명 등을 제시하였다(이헌홍, 「〈정수경전〉의 연구사적 반성과 전망」, 『한국민족문화』 19·20, 부산대학교 한국민족문화연구소, 2002, 167-189쪽).
　　한편, 이헌홍은 〈정수경전〉에 대해 과제 부여와 해결의 구조로 특징을 분석한 바 있다(이헌홍, 「〈정수경전〉 연구-작품구조를 중심으로」, 『문창어문논집』 23, 문창어문학회, 1986, 75-104쪽). 이 외에 〈정수경전〉에 대해 이본, 작품 구조와 관련 설화 등 종합적으로 접근한 연구로 다음을 들 수 있다.
신동흔, 「〈정수경전〉을 통해 본 고전소설의 장면구현방식」, 『애산학보』 12, 애산학회 1992, 143-176쪽.
김광진, 「〈정수경전〉 연구」, 한국교원대학교 석사학위논문, 1994.
이상희, 「〈정수경전〉 연구」, 계명대학교 교육대학원 석사학위논문, 2004.

## 2. 〈정수경전〉 자료 검토

◆ 〈정수경전〉의 이본들

〈정수경전〉에 나타난 운명 이야기의 양상과 의미를 살펴 보기에 앞서 〈정수경전〉 이본 현황과 주요 서사 등을 살펴 보기로 한다. 이 연구에서 주요 대상으로 삼고 있는 〈정수경전〉의 경우, 현재까지 알려진 이본이 상당히 많은 편이다. 이에 비해 〈정수경전〉의 이본에 대한 정리는 상대적으로 늦게 이루어진 감이 있다. 이본의 종수[6]를 대략적으로 가늠해 보아도 20여종 이상 될 것으로 예상되고 판본도 다양하여 〈정수경전〉의 대중적 향유를 추측할 수 있다.

조희웅이 정리한 〈정수경전〉 이본 목록은 다음과 같다.[7]

---

6 〈정수경전〉의 이본에 대해서는 1963년 박성의가 고려대 소장 필사 본 2종과 활자본 2종을 소개한 이래, 이헌홍, 신동흔, 김광진 등에 의해 소개, 검토된 바 있다(이헌홍, 「〈정수경전〉의 연구사적 반성과 전망」, 『한국민족문화』 19 · 20, 부산대학교 한국민족문화연구소, 2002, 169-174쪽).
7 조희웅, 『고전소설 연구보정』 하, 박이정, 2006. 908-909쪽.

〈필사본〉

김요문전, 연안이씨 식산종택 34장

옥중국낭, 박순호 74장

정두경전, 경도대 44장

정수경전, 계명대

증슈경젼, 김종철 26장

정슈경젼 권지단, 단국대 60장

증슈경젼, 미도민속관 24장

정슈경젼이라, 미도민속관

뎡슈경젼, 박순호 56장

정슈경젼, 박순호 19장

정슈경젼이라, 박순호 43장

뎡슈경젼, 임형택 29장

전슈경젼 권지단이라, 홍윤표 63장

뎡슈경젼, 홍윤표 38장

조희웅은 이후 『한국고전소설사 큰사전』 51(지식을만드는지식, 2017, 114-115쪽)에서는 원전 자료로 〈옥중금낭〉(국립한글박물관-박순호 구장 필사본), 〈정두경전〉(하버드대 소장본), 〈정수경전〉(한성서관 활자본; 국립한글박물관-박순호 구장 필사본; 활자본 〈교정정수경전〉; 김동욱 소장 필사본, 창성 편집위원회 편 필사본) 등 8편을 영인본으로 소개하고 있다.

고전소설과 운명 이야기

정수경젼, 홍윤표 22장

정슈경젼, 홍윤표 48장

〈방각본〉

국문경판본 졍슈경젼, 박순호 소장 28장

국문완판본 졍슈경젼, 이태영 소장 28장

국문판각본 쟝슈경, 여태명 소장 37장

〈국문활자본〉

신랑의 보쌈, 광익서관(1918) 73쪽

옥즁금낭, 신구서림(1913) 117쪽, 신구서림(3판 1918) 75쪽

정수경전, 박순호 소장, 대조사(1959, 1960) 25쪽

(교정) 뎡슈경젼, 한성서관(초판 1915, 재판 1918) 49쪽


　　조희웅이 정리한 〈정수경전〉의 이본들이 모두 확인된 것
같지는 않다. 예컨대 위 목록에서 장수가 표시되지 않은 경
우가 있는데, 그 이유를 추정해 보면 실제 자료 확인이 되지
않았기 때문일 가능성이 높다. 또한 지금까지 이본 연구들에
서 다루어진 〈정수경전〉 이본들과 위 목록을 비교해 볼 때
위 목록에는 있으나 논의되지 않은 자료들이 꽤 있고, 연구

자에 따라 제시된 자료의 장수가 다르기도 하여 동일 자료를 가리키는 것인지 확인이 필요한 경우들이 있기 때문이다.[8]

이제까지의 〈정수경전〉 연구에서 밝혀진 바로는 〈정수경전〉 서사의 이본별 편차가 그리 크지 않은 것으로 파악된다. 그렇지만, 이본에 따라 사건 구성이 다른 경우가 있어 인물, 삽화 등의 구성 요소에 따라 몇 가지 계열로 나누어 볼 수 있다. 이본에 대한 논의를 참조해 볼 때, 김동욱 54장본과 하버드 소장본, 한성서관본 정도가 특징적인 이본이라 판단

---

8 김광진은 이본 논의를 하면서 〈정수경전〉 이본 중에 방각본은 발견되지 않았다고 하며 다음과 같이 서술하였다(김광진, 「〈정수경전〉 연구」, 한국교원대학교 석사학위논문, 1994, 23-24쪽.).

  "지금까지 발견된 이본들은 김동욱B본과 하버드대본, 그리고 한성본을 제외하고는 내용이나 분량에 있어서 대동소이하여 내용의 변개가 심하게 이루어지지 않았음을 알 수 있다. 이 작품은 목판본이 발견되지 않았고, 여러 사람의 손을 거쳐 필사본으로 전승되다가 활자본으로 교정·출판되어 유통된 것으로 추정된다."

  그렇지만, 위에서 보았듯이 조희웅의 목록에는 방각본이 있다. 이러한 차이가 생긴 것은 목록 작업이 보완되면서 방각본이 추가되었기 때문인데, 이는 〈정수정전〉과 〈정수경전〉이 자주 혼동되었다는 점과 관련되어 보인다. 방각본 고전소설 작품 중에 〈정수정전〉이 있음을 고려하면, 조희웅의 목록에 있는 방각본 〈정수경전〉은 〈정수정전〉의 오기일 가능성이 있다. 그런데 제시된 〈정수경전〉의 분량이 28장이거나 37장임을 고려해 볼 때 활자본 〈정수경전〉일 가능성이 높은 것 같다.

된다.

이헌홍은 〈정수경전〉의 이본 계열을 이본 6종(필사본 5종: 김동욱 소장 56장본과 25장본, 한국정신문화연구원 소장 29장본, 국립중앙도서관 소장 25장본, 고려대 소장 29장본, 활자본 1종: 한성서관본)을 대상으로 하여 A유형(김동욱 소장 56장본), B(한성서관본), C(국립중앙도서관본, 정신문화연구원본, 고려대본, 김동욱 소장 25장본)으로 나누었다.[9]

김광진이 검토한 〈정수경전〉 이본은 필사본으로는 박순호 36장본(A), 김동욱 소장 54장본(B), 고려대 소장 28장본(A), 김동욱 소장 23장본(A), 국립중앙도서관 소장 23장본, 하버드대 소장 51장본, 한국정신문화연구원 소장 28장본, 박순호 소장 45장본(B), 고려대 소장 31장본(B) 등이 있다. 활자본으로는 한성서관(초판 1915) 49장본, 영창서관(1918) 38장본, 세창서관(193?) 49장본 등이다.[10]

---

9 이헌홍, 「〈정수경전〉 연구-작품구조를 중심으로」, 『문창어문논집』 23, 문창어문학회, 1986, 75-104쪽.
　　그런데 이후 이헌홍은 김광진의 계열 구분이 더 타당할 것으로 정리하였다(이헌홍, 「〈정수경전〉의 연구사적 반성과 전망」, 『한국민족문화』 19·20, 부산대학교 한국민족문화연구소, 2002, 174쪽).
10 김광진, 「〈정수경전〉 연구」, 한국교원대학교 석사학위논문, 1994, 8-9쪽.

그리고 〈정수경전〉의 이본 중 10종을 대상으로 하여 사건의 줄거리와 장면 구체화 방식에 따라 4가지 유형으로 나누었다. A유형은 김동욱 소장 54장본(B), B유형은 하버드대 소장 51장본, C유형은 박순호 36장본(A), 고려대 소장 28장본(A), 김동욱 소장 23장본(A), 국립중앙도서관 소장 23장본, 한국정신문화연구원 소장 28장본, 박순호 소장 45장본(B), 고려대 소장 31장본(B), D 유형은 한성서관(초판 1915) 49장본을 들었다.[11]

이러한 〈정수경전〉의 이본 조사 및 검토 결과 필사본, 활자본 등 다양한 판본으로 다수 존재함을 알 수 있었다. 그리고 〈정수경전〉의 세부 서사 요소, 사건의 구성에 따라 계열화해 볼 수 있을 만큼 이본별로 특징들이 있었다.

조희웅이 정리한 〈정수경전〉 이본 자료들에서 눈여겨볼 점은 〈정수경전〉의 이본 목록에 〈신랑의 보쌈〉과 〈옥중금낭〉이 있다는 것이다.[12] 선행 연구에서 정리한 바와 같이

---

11 김광진, 「〈정수경전〉 연구」, 한국교원대학교 석사학위논문, 1994, 22쪽.
12 〈정수경전〉의 개작으로 보아 〈정수경전〉과의 관련성을 다룬 연구들로 다음이 있다.
이헌홍, 「〈옥중금낭〉과 〈정수경전〉」, 『어문연구』 41, 어문연구학회 2003, 173-202쪽.

〈신랑의 보쌈〉과 〈옥중금낭〉은 20세기에 들어 〈정수경전〉
과는 제목을 달리하여 개작된 것이다. 〈신랑의 보쌈〉은 〈정
수경전〉이 〈옥중금낭〉으로 개작되었다가 또다시 개작된 작
품이어서[13] 〈정수경전〉이 어느 정도 대중적 인기를 끌 요소
가 있었음을 짐작할 수 있다.[14] 그런데 〈신랑의 보쌈〉이나
〈옥중금낭〉과 같이 〈정수경전〉과의 친연성이 확실한 작품
이라 할지라도 신소설의 형태로 다시 만들어진 작품을 이본
으로 보아야 할지에 대해서는 고민스러운 점이 있다.

　〈옥중금낭〉이나 〈신랑의 보쌈〉은 서사 전개상으로 볼 때
〈정수경전〉과 공유하는 모티프가 분명히 있다. 그런데 좀더
면밀히 보면, 〈정수경전〉과의 유사성이라 할 수도 있으나
앞서 살핀 점복 설화나 과거 보러 가던 중에 보쌈당한 이야
기 등과의 유사성이라 할 수도 있기 때문이다. 그래서 〈옥중
금낭〉이나 〈신랑의 보쌈〉을 〈정수경전〉에서 파생된 다른

---

　차충환, 「〈신랑의 보쌈〉의 성격과 개작양상에 대한 연구」, 『어문연
　구』 71. 어문연구학회, 2012, 229-258쪽.
13 이는 차충환의 연구에서 분석된 결과이다(차충환, 「〈신랑의 보쌈〉의
　성격과 개작양상에 대한 연구」, 『어문연구』 71. 어문연구학회, 2012,
　229-258쪽).
14 〈정수경전〉의 이본수를 볼 때에도 어느 정도 인기가 있었음을 추정할
　수 있지만, 활자본으로 개작된 점으로 미루어 볼 때 최소한 대중적
　관심을 얻을 만한 작품이라는 평가를 받았다고 할 수 있기 때문이다.

작품으로 볼지 〈정수경전〉의 이본 중 하나로 포괄해야 할지에 대해서는 본격적인 이본론을 통해 논의가 필요해 보인다. 여기서는 선행 연구를 참조하여 〈옥중금낭〉과 〈신랑의 보쌈〉의 주요 서사를 정리하여 보는 정도로 검토하도록 하겠다.

◈ 〈정수경전〉의 주요 서사

〈정수경전〉은 이본에 따라 서사 구성 요소에 차이가 있다. 중요한 차이는 정수경이 겪는 위기가 몇 차례인가, 점을 몇 번 보고 점괘가 몇 개인가, 동료들이 정수경을 살해할 음모를 하는가, 정수경이 위기를 벗어날 수 있도록 도와주는 초월적 방법이 나타나는가, 정수경의 일에 대한 시원가가 제시되는가 등이다. 이러한 차이를 기준으로 보면 변별적 특징을 보여주는 이본은 김동욱 54장본과 한성서관본 〈정수경전〉이고, 대개의 이본들이 공유하는 서사를 보여주면서 선본으로 지칭되기도 한 이본이 하버드대본이다.

그런데 전체 서사의 구성 내용을 볼 때 서사 요소가 가장 많은 이본이 한성서관본 〈정수경전〉이라 판단되어 이 이본의 주요 서사를 정리해 보았다.

1. 경상도 안동부 운학동의 정운선은 병조판서까지 하고서 고향에 돌아와 지냈다.
2. 자식이 없어 근심하다 기도하여 꿈을 꾸고 수경을 낳았다.
3. 정운선은 병을 얻어 죽었는데, 빈소에 범들이 달려들었으나 수경이 달래어 보냈다.

4. 부처가 승려로 현신하여 묘자리를 정해 주었다.

5. 수경이 과거를 보려 하자 모친이 처음에는 만류하지만 다섯 양을 주어 보낸다.

6. 과거 보러 가는 길에 점을 봤는데 죽을 액이 있다 하여, 액을 막을 글귀를 받는다.

7. 주막 부인이 강도에게 저항하다 죽은 것을 주인이 돌아와서 보고 수경을 범인으로 지목한다.

8. 태수 부인이 수경이 준 글을 해석하여 이일천이 범인임을 밝힌다.

9. 수경이 풀려나 경성에 숙소를 정하고 구경을 다니다가 점을 본다.

10. 점쟁이는 수경이 네 번 죽을 운수에서 한번 면했다 한다. 수경이 나머지 세 번의 죽을 운수를 면할 방책을 애걸한다.

11. 점쟁이가 두 번의 액은 천만요행으로 면하겠지만 마지막 액은 어려우니 죽을 지경이 되었을 때 내어놓으라면서 백지에 누런 색깔로 대나무 하나를 그려준다.

12. 수경이 숙소로 돌아오는데 보쌈을 당하여 액막이 신랑 노릇을 하고 죽을 위기를 맞게 되어 영결시를 짓는다.

13. 액막이 신랑을 맞은 소저에게 받은 은자 석 되로 수경은 죽을 위기에서 벗어나 과거 시험을 보고 장원급제한다.

고전소설과 운명 이야기

14. 좌의정 이공이 사위를 삼고자 하였으나 우의정 김공필이 수경을 사위로 맞게 된다.

15. 김 정승의 딸과 혼인한 첫날 밤 잠이 오지 않아 뒤척이던 수경이 강도에 놀라 병풍 뒤에 숨었는데 강도가 신부를 죽이는 것을 보고 놀라 기절한다.

16. 정수경이 김 정승 딸의 살인범으로 몰려 칠 개월이나 옥에 갇혀 있게 된다.

17. 정수경이 죽게 되었을 때 점쟁이가 준 황백죽 그림을 관원에게 주자 이 그림을 해석할 사람을 찾는다.

18. 이 정승의 딸이 그림의 뜻이 백황죽임을 알아내어 잡아들인다.

19. 백황죽이 김 정승 딸과 사통하다 혼례가 치러지자 정수경을 죽이러 들어갔다가 소저를 죽였다고 자백한다.

20. 임금이 이 승상에게는 상을 정수경에는 형조참판을 제수하고 김 정승은 삭탈관직하였다.

21. 이 소저와 정수경은 혼례를 올리고 이 소저 방 벽에 붙어 있는 자신의 영결서를 보고 보쌈당해 만났던 여인임을 알고 놀란다.

22. 정수경 부부는 이남 일녀를 두었다.

참고로 김광진이 정리한 순차 단락을 제시하면 다음과 같다.[15]

1. 경상도 안동부 운학동에 정운선이라는 도사가 살았다. 집안이 부요하고 인품이 높았는데, 슬하에 일점 혈육이 없었다.

2. 도사 부부가 늦은 나이에 옥동자를 낳아 이름을 수경이라 했다. 부부는 수경을 장중보옥같이 사랑했다.

3. 수경이 5세 되던 해에 갑자기 부친이 병을 얻어 세상을 떠났다. 모자가 슬픔으로 세월을 보냈다.

4. 수경이 글을 배우게 되니 일취월장하여, 이두의 문장과 왕희지의 필법에 필적할 만했다.

5. 수경이 나라에서 과거를 실시한다는 소식을 듣고, 모친을 설득하여 이웃 선비들과 서술로 떠났다.

6. 서울에 도착한 후 장안을 구경하던 길에 판수에게 점을 쳤다. 판수가 수경에게 장원급제는 하겠으나 세 번 죽을 액운이 있다고 했다.

7. 수경이 간절히 도액할 방법을 물으니, 판수가 혹시 두 번

---

15 김광진, 「〈정수경전〉 연구」, 한국교원대학교 석사학위논문, 1994, 27-30쪽.

액을 면하여 세 번째 죽을 지경에 이르면 내놓아 보라면서 흰 종이에 누런 대나무를 그려 주었다.

* 〈한성본〉

 1) 서울 가는 도중에 판수에게서 문복하니, 죽을 액이 있다면서 글귀를 지어 주었다.

 2) 수경이 주막에 들었는데 주막집 여주인이 괴한에게 살해당하자, 그가 살인범으로 몰려 체포되었다.

 3) 태수가 사건을 해결하지 못하고 내당에 가서 의논하니, 태수의 부인이 판수가 준 '木下子有東方紅第一大'라는 글귀를 풀어 진범이 李日天임을 밝혀내게 되어 수경이 풀려나게 되었다.

8. 수경이 판수의 집에서 나와 길을 가다가, 건장한 괴한들에게 결박되어 재상가 후원으로 끌려 갔다. 방안에 들어온 신부를 통해 자신이 상부 팔자 액막이에 걸려 보쌈을 당해 죽게 되었음을 알았다.

9. 소저는 수경의 인물됨을 아끼고 불쌍히 여겨 은자를 주며 살길을 도모하라고 했다. 수경이 벽상에 슬픈 회포를 담은 '永訣詩'를 써 남겼다.

10. 수경이 물에 던져져 죽게 될 순간에 차고 있던 은자를 노복들에게 나누어 주니, 노복들이 서로 함구하기로 하고

수경을 살려 보내 주었다.

11. 수경이 과거에 응시하니, 임금이 그의 글을 보고 장원급제를 시키고 한림학사를 제수했다.

12. 이 정승과 김 정승이 서로 수경을 사위로 삼으려고 다투었다. 임금이 김 정승의 처지가 더 딱함을 참작하여 수경을 김 정승의 딸과 혼인하게 했다.

13. 수경과 함께 과거를 보러 온 마을 선비들이 수경을 죽이고, 그들 중 하나가 대신 한림을 하기로 했다. 수경이 부친의 현몽과 둔갑법으로 두 번에 걸친 그들의 살해 기도를 물리쳤다.

14. 수경이 결혼 첫날밤에 잠을 이루지 못하다가 인기척을 듣고, 병풍 뒤에 몸을 숨겼다. 어떤 괴한이 들어와 신부를 죽이고 달아났다. 수경이 신부 살해 혐의로 체포되었으나 發明하려 해도 證參이 없었다. 일곱 달 동안이나 옥사가 이어지던 끝에 결국 처형당할 위기에 봉착하니, 수경이 점쟁이에게서 받은 대나무 그림을 내어 놓았다.

15. 임금과 백관이 그 뜻을 알지 못하여 장안에 방을 걸었으나, 역시 아무도 그림을 해석하지 못했다. 이 정승의 딸이 스스로 나서 그림의 뜻을 풀어 진법이 백황죽임을 밝혀냈다.

16. 임금이 백황죽을 처형하고, 김 정승을 파직하여 내친 후

수경을 사면하여 벼슬을 높여 주고 이 정승의 딸과 혼인
하게 했다. 장안 사람들이 옥사의 해결을 보고 '시원가'를
지어 불렀다.

17. 수경이 이소저와 결혼하여 첫날밤을 보내게 되는데, 벽상
에서 자기가 전에 보쌈을 당했을 때 써 놓은 '영결시'를 발
견하고, 신부가 바로 그때 만났던 처자임을 알게 되었다.

18. 수경이 부인과 함께 고향의 노모를 찾아뵙고, 그 동안의
경과를 이야기하며 회포를 풀었다.

19. 경상감사로 재직한 후 노모를 모시고 서울에 올라와 임
금을 보필하며 부인과 더불어 자식들을 낳고 살며 부귀
영화를 누렸다.

20. 후일담 필사자의 논평


이렇게 〈정수경전〉 이본 중 상대적으로 확장된 서사를 보
이는 한성서관본의 주요 내용과 대개의 이본별 서사를 종합
한 내용을 비교해 보면, 한성서관본은 다른 이본과 달리 정
수경이 점을 두 번 보고, 죽을 위기를 한 번 더 겪고 있는
것으로 나온다. 달리 말하자면, 대개의 〈정수경전〉에서는
정수경이 점을 한 번 보고 죽을 액을 세 번 만나게 될 것을
알고 도액할 방법을 얻어서 결국은 극복한다는 서사임에 비

해 한성서관본에서는 처음에 점을 보아 한번 죽을 위기를 넘기고 다시 점을 보아 세 번의 위기를 넘기는 서사 전개를 보이는 것이다.

그리고 〈정수경전〉 서사의 종합적 내용으로 볼 때 한성서관본에 나오지 않는 서사이거나 다른 점을 대표적으로 들자면, 김광진이 정리한 순차 단락의 13번 내용이다. 바로 수경과 함께 과거를 보러온 선비들이 모의를 하여 수경을 없애려 하였는데, 수경이 꿈의 예시와 둔갑법으로 이를 물리쳤다는 것으로 김동욱 54장본에만 나오는 장면이다. 또한 14번에 해당하는 장면이 하버드본의 경우에는 수경의 꿈에 도사가 나타나서 점복 구절을 알려주는 방식으로 전개된다. 또한 세부 서사의 서술 방식은 이본별로 차이가 있기도 하다. 그렇지만 전반적인 서사 전개의 내용과 방식은 대체로 비슷하다고 할 수 있어, 〈정수경전〉 이본의 공통 서사를 한성서관본을 중심으로 운명 이야기를 살펴보고 필요에 따라 개별 이본을 다루도록 하겠다.

고전소설과 운명 이야기

◆ 〈옥중금낭〉의 주요 서사 검토

〈정수경전〉의 이본에 포함되어 있는 〈옥중금낭〉의 서사를 살펴보도록 한다.

이헌홍이 〈정수경전〉과 대비하여 정리한 〈옥중금낭〉의 주요 내용은 다음과 같다.[16]

    1) 과행길의 청년(장한웅)과 장님 점쟁이의 만남

       - 신생 대목

    2) 청년(장한웅)의 과거 운세를 점치는 장님

       - 공통 및 변용 대목

    3) 세 번 죽을 액운의 점괘와 도액 비법의 제시

       - 변용 대목

    4) 여관 여주인 겁탈 누명의 위기와 그 모면

       - 신생 대목

    5) 청년(한웅)이 재상가 안방으로 보쌈·납치 당함

       - 공통 및 변용 대목

---

16 이헌홍, 「〈옥중금낭〉과 〈정수경전〉」, 『어문연구』 41, 어문연구학회 2003, 173-202쪽.

6) 김 소저가 한웅에게 삶을 도모하라며 금덩이를 줌

- 공통 및 변용 대목

7) 상부살풀이 제물로 희생될 위기에서 금덩이를 주고 풀려남

- 공통 대목

8) 한웅이 장원급제하자 두 재상이 서로 사위 삼으려 하므로 임금이 낙점함

- 공통 대목

9) 신부(허 소저)가 연인과 만나 첫날밤 야반도주를 약속함

- 신생 및 변용 대목

10) 연인의 위약에 앙심을 품은 정부(황백삼)가 신부를 살해

· 도주하자 신랑이 살인 누명을 쓰게 됨

- 공통 및 변용 대목

11) 검사관이 용의자, 참고인, 피해자 부모 등을 조사 신문함

- 공통 및 변용 대목

12) 피의자(한웅)가 금낭 속의 문서를 내놓으나 아무도 그 의미를 모르는 상황에서 김판서의 딸이 마침내 그 뜻을 황백삼이라 풀이함

- 공통 및 변용 대목

13) 범인(황백삼)이 김 소저 살해를 결심하고 별당에 잠입하다 체포됨

고전소설과 운명 이야기

- 신생 대목

14) 황백삼이 허 소저와의 사통, 범행동기와 신부살해 경위
등을 자백함
- 신생 대목

15) 한응이 김 소저와 혼인하고 노모 봉양하며 부귀영화의
삶을 누림
- 공통 대목

16) 금낭 준 장님을 찾았으나 흔적도 없는지라 신인일 것으
로 짐작함
- 신생 대목


위의 전체 서사 정리를 바탕으로 하여 보면, 〈옥중금낭〉
의 핵심 사건, 즉 남자 주인공이 점을 보고 세 번의 위기에
대한 예언을 듣고 도액 방법을 얻는 것, 매우 어려운 위기가
혼인 첫날 밤 신부의 죽음과 관련된다는 것, 죽을 위기에서
범인 이름을 해석해 내는 구원자가 여인이며, 주인공이 그
여인과 결혼한다는 것 등이라는 점이 〈정수경전〉과 상통한
다. 이는 앞서 운명 관련 설화로 살핀 〈황백삼 잡은 얘기〉와
〈세 대룡의 예언, 一黃白三一〉의 공통점이었던 1) 세 번의
위기 예언 및 실현, 2) 세 번째 위기는 주인공이 아내의 죽음

에 대한 누명을 씀, 3) 범인 이름이 황백삼임, 4) 범인이 황백삼임을 밝혀낸 해석자가 김 정승의 딸임, 5) 주인공이 김 정승 딸과 결혼함 등과도 유사하다.

그렇다면 〈옥중금낭〉은 〈정수경전〉과 함께 〈황백삼 잡은 얘기〉, 〈세 대롱의 예언, —黃白三—〉과 핵심적 서사구조를 공유하는 작품이라 할 수 있을 것이다. 그런데 〈옥중금낭〉은 신소설로 만들어지면서 새로운 방식의 서술이 이루어져 〈정수경전〉이나 설화와 다른 부분이 있다. 이는 개작 작품으로서의 성격 때문이라 할 것이다. 주목해야 할 것은 〈정수경전〉과는 다르지만 설화와 유사한 부분이다.

예를 들어, 위의 〈옥중금낭〉 주요 서사 정리에서 1)이 신생 대목인 것은 신소설로 개작되었기 때문에 생긴 차이다. 그렇지만 2) 장면의 경우 〈옥중금낭〉이 〈정수경전〉과 달라 새롭게 변용된 듯 보이지만 실제로는 점복 설화에서 살펴본 〈봉사의 점괘로 죽을 고비 넘긴 뱃사공〉에서 뱃사공이 점을 보게 된 상황과 유사하다.


　져런 망흘 쟝님 보와라 눈 쓴 사람도 못보는 바람을 다 본다네

　흥더니 쟝님이 말흘 시 업시 엽흐로 홱 다라들어 집핑이

를 쌘셔 가지고 다러나며

　바람 보는 쟝님이 길을 못불싯

　쟝님이 무심히 잇다가 집팽이를 쌧기엿스니 어듸를 가리
요 길 가운듸 가 웃둑 셔셔 욕을 물 퍼붓듯 흔다

　(중략)

　쟝님이 두 손으로 집핑이를 밧으며

　　녜……듸단히 고맙습니다 뉘신지요

　　(청년) 녜……나는 쟝셔방이오

　　(쟝님) 쟝셔방이심닛가 졔 셩은 리가올시다 듹이 어듸
　　　　심닛가

　　(청년) 늬 집은 츙쳥도 은진사오

　　(쟝님) 녜……듹이 싀골이야요 무슴 사로 셔울 오시엿
　　　　습닛가

　　(청년) 과거를 보인다기에 과거 보라 왓소

　　(쟝님) 네……그러시면 변변치는 못흐지오마는 이번에
　　　　과거에 참방을 흐실가 졈이나 하나 쳐드리지요

　　(청년) 쳔만의 말슴이요 복차 돈도 업는데 졈이 다 무어
　　　　시오

　　(쟝님) 아니올시다 관계업습니다 복차 돈이 다 무어시오
　　　　잇가 늬 집이 머지 ㅇ니흐니 잠간 가시지요((옥

중금낭〉, 2-4쪽)[17]

위에서 보듯이 〈옥중금낭〉의 주인공 장한웅은 우연히 보게 된 장님의 곤경을 해결해 주어 그 은공으로 점을 보게 된다. 이를 〈봉사의 점괘로 죽을 고비 넘긴 뱃사공〉의 서두 부분과 비교해 보자.[18]

성은 모르고 책에 보인께 직업이 뱃놈이라. 배만 타고 댕기미, 소금 실고 부산서 실고 오고, 이래 짐 실고 내려가고. 배로 이래 가면은 한달이나 두달이나 되야 집에 한번 와여. 집엘 댕깄다가 한군데를 가더라인께 봉사가 이래 가는데, 아들이 동네 앞에 아들이 놀다가 봉사 작대기를 홀 뺏아가 고만 논 가운데 내던진단 말이야. 봉사는 작대기 없으만 못 가는 기여. 작대기 눈 아이라. 그래 이 봉사가 오도가도 모하고 앉아서 탄식을 하고 있는데. 그래 그 사람이 가다 보고 아들을 호령을 하고 작대길 찾아 줬는기라. 봉상가 얼매나 반갑겠어. 눈, 잃었던 눈을 찾았은께, 그래 그래 봉사가 하는 말이

---

17 여기서 인용한 〈옥중금낭〉 자료는 신구서림에서 1918년 발행한 것이다.
18 한국구비문학대계의 경상북도 구미시 원평1동 채록.

고전소설과 운명 이야기

하도 반갑아서,

　"당신 직장이 뭐요?"

　물은께,

　"저는 해먹을께 없어 뱃놈질 합니다."

　"아 그래요. 생일은 언제요?"

　"아무 날 아무 시입니다."

　"당신 팔자가 거북하요. 시 분(세 번)죽을 고비를 넘가야 당신이 사는데, 그 당신이, 아 그라고 당신이 나한테 은인인 께 [제보자: 그저 봉사 흔드는 거 뭐 카요?] [청중:산통.] [제보 자:산통이라고 안카고 그 뭐 **빼다** 카지 왜? 육괘 **빼는**기라.] 육괘나 한번 **빼고** 가시요."


　주인공의 이름이나 상황에 대한 표현은 〈옥중금낭〉과 다 르지만, 아이들한테 놀림을 받다가 지팡이를 **빼앗겨** 고생하 던 봉사 점쟁이가 주인공에게 도움으로 지팡이를 찾는다는 상황은 동일하다. 〈옥중금낭〉과 설화 〈봉사의 점괘로 죽을 고비 넘긴 뱃사공〉에서 주인공은 자신이 베푼 도움에 대한 보상으로 봉사에게 점을 보게 되는 것이다.

　이 장면을 한성서관본 〈정수경전〉과 관련지어 보면, 한성 서관본에서 정수경은 두 번의 점을 보는데, 첫 번째 점은 길

가다가 신통하다는 소문이 있는 봉사 점쟁이에게, 두 번째 점은 첫 번째 위기를 넘기고 서울 구경하다가 점치는 집을 보고 점을 치게 된다.

길에 올나 흔 곳에 다다르니 판수 잇셔 졈(占)이 신통(神通)타 ᄒ거늘 수경(壽景)이 복치(卜債)를 노코 길흉(吉凶)을 무르니(한성서관본, 6쪽)

동ᄒᆼ인(同行人)이 구경 가기를 쳥(請)ᄒ거늘 수경(壽景)이 마지못ᄒ야 동ᄒᆼ을 ᄯᅡ라 두루 구경ᄒ더니 맛참 흔 다리(橋) ᄉᆡ(邊)의 졈치ᄂᆞᆫ(占卜) 집(家)이 잇거늘 수경(壽景)이 동ᄒᆼ다려 왈(曰) ᄂᆡ 이 집을 단녀 갈 거시니 그ᄃᆡ(君) 등(等)은 먼져 가라 ᄒ고 그 집에 드러가(한성서관본, 9쪽)

위에서 보듯이 〈정수경전〉의 경우 정수경이 자발적으로, 본인의 의지로 점을 치는 것으로 나온다. 이러한 〈옥중금낭〉의 서사 내용을 볼 때 이헌홍이 정리한 〈옥중금낭〉의 신생 대목이나 변용이 기존에 없던 새로운 서사 내용이라기보다는 이전 이야기 양식에서 볼 수 있는 것일 가능성이 높다. 이에 대해서는 〈옥중금낭〉을 중심으로 향후 논의가 필요해 보인다.

고전소설과 운명 이야기

◆ 〈신랑의 보쌈〉 주요 서사


〈정수경전〉의 이본 목록에 있는 작품들 중 〈옥중금낭〉
외에 20세기에 개작된 작품으로 〈신랑의 보쌈〉이 있다. 〈신
랑의 보쌈〉을 〈정수경전〉과 함께 대략적인 서사를 개관해
보도록 한다. 이를 위해 차충환이 〈신랑의 보쌈〉의 〈정수경
전〉 개작 양상을 살피면서 정리한 주요 내용을 참조해 보
자.[19] 그 개요만 도출하면 다음과 같다.


1회: 김희선이 벼슬을 ᄒ직ᄒ고 고향에 도라가다

- 고려 중엽에 묵재 김희선이 20여 년 간 벼슬을 하다가 고향

  (충북 청풍군 북면 옥녀동)으로 돌아간다. 자식이 없어 치

---

19 차충환, 「〈신랑의 보쌈〉의 성격과 개작양상에 대한 연구」, 『어문연구』
71. 어문연구학회, 2012, 229-258쪽.
　　이 논문에서 '개요'에 서술된 내용을 회차별로 옮기면서, 필요에
따라 내용을 삭제 혹은 추가하였다. 이 과정에서 '박순임, 「고전소설
〈김요문전〉, 〈옥인전〉, 〈옥긔린〉에 대하여」, 『한국고전문학회 2003
년 동계 연구발표회 요지집』, 2003. 12, 189-191쪽'(조희웅, 『고전소
설 연구보정』, 하, 박이정, 2006. 911쪽에서 재인용)에 제시된 내용
을 함께 참조하였다.
　　차충환도 논문에서 밝히고 있는바, 조희웅의 목록에 있는 필사
본 〈김요문전〉과 활자본 〈신랑의 보쌈〉은 매우 유사하여 두 이본의
관계는 저본이 동일하거나 둘 중 하나를 저본으로 한 이본이리라
추정된다.

성을 드리기로 한다.

2회: 김요문이 친상을 당ᄒ니 범이 길지를 인도ᄒ다

- 김희선 부부가 백일기도를 하여 14개월만에 김요문을 낳는다. 요문의 나이 10세에 희선이 병들어 죽었는데, 장례 때에 범이 길을 인도하고 노승이 명당을 알려주어 그곳에 안장한다.

3회: 경과를 보러 경성으로 가다가 길에셔 액을 만나다

- 요문이 15세에 동자 칠성과 함께 과거를 보기 위해 서울로 향하다가 어느 주점에서 주점 여인을 살해했다는 누명을 쓰고 옥에 갇힌다.

4회: 김요문이 명관을 맛나 ᄋᆡᄆᆡᄒᆞᆫ 루명을 벗다

- 요문이 취조를 당할 즈음, 한 떼의 오작이 날아와 한 뼘쯤 되는 나뭇가지 하나를 떨어뜨리고 사라진다. 이때 취조 과정을 엿보고 있던 군수의 부인이 군수에게 취조를 중단하고 나뭇가지를 가져오라고 한다. 부인이 오얏나무가지인 것을 보고 '오얏나무 한 가지'를 '李一枝'로 풀어, 장교를 명하여 이일지란 이름의 사람을 찾아보라고 한다. 장교가 이일지를 체포하여 누명을 벗고 풀려난 요문이 다시 서울로 향한다.

5회: 보쌈에 드러 후원 별당에 드러가다

고전소설과 운명 이야기

- 송경에 이른 요문이 한 관상가에게 전정을 물으니, 관상가는 지난 액도 심상치 않았으나 다가올 액은 더 위험하다고 한다. 요문이 도액할 방법을 물으니, 관상가는 셋째 액을 만났을 때 내어놓으라며 새 봉자 셋을 그린 노란색 종이를 준다. 그리고 둘째 액은 은인을 만나 면할 것이라고 한다. 요문이 관상가에서 나오자마자 바로 보쌈을 당한다. 재상가 소저가 은자를 금낭에 싸서 요문의 허리에 매어 준다. 요문은 소저에게 자신이 죽으면 모친에게 등과하여 북경에 사신으로 갔다고 전해달라고 한다.

6회: 금은을 써서 죽엇든 목숨이 다시 사라나다

- 요문이 어느 강두에서 죽게 되었을 때 은자 100냥을 노복들에게 준다. 노복들이 요문을 살려주는 문제로 실랑이할 때, 화적패들이 들이닥쳐 노복들을 쫓아내고 돈을 뺏아간다. 요문은 살아서 다시 여관으로 돌아온다. 요문을 보쌈한 집은 좌의정 왕경보로 왕 소저의 상부살을 막기 위한 것이었는데, 요문을 강에 던졌다는 말에 왕 소저가 슬퍼한다.

7회: 김수자 과거 보와 장원급뎨ㅎ다

- 요문이 과거에 장원급제하고, 임금이 재상들에게 청혼하도록 하여 우의정 동군탁의 딸 동 소저와 혼인하게 한다. 형부상서 위평이 요문을 탐내아 혼사를 뒤집으려 한다.

8회: 김한림이 신방에 변을 만나다.

- 환관이 임금에게 동군탁의 딸이 반신불수라고 무고하고 위
  평의 딸을 소개하여, 임금이 요문과 위평의 딸을 혼인하게
  한다. 동 소저는 요문이 아니면 혼인하지 않겠다고 결심한다.
  요문과 위 소저의 혼인 첫날밤에 위 소저가 괴한의 칼에 죽
  고, 요문이 누명을 쓰고 공초를 당하던 중 관상가가 준 노란
  종이를 검관에게 올리지만 아무도 해석하지 못한다.

9회: 씌여진 거울이 다시 합하고 흩터진 인연 거듭 이루다

- 한 백수노인이 왕 소저의 꿈에 나타나 노란 종이의 암호가
  '황삼봉'이라는 사람 이름이라고 알려 주며 부친에게 알려
  옥사의 죄인을 구하라고 한다. 위평의 집에서 황삼봉을 체
  포하여 자백을 받는다. 임금이 요문과 동 소저의 혼사를 주
  선하고, 요문이 자신을 살린 은인이 보쌈 당해 만났던 여인
  임을 알고 연연한 마음을 금치 못한다. 이 사연을 임금에게
  고하자 임금이 요문과 왕 소저의 혼인을 명한다. 왕 소저가
  동 소저의 결심을 알고 임금에게 계책을 올리자, 임금은 왕
  소저와 동 소저를 요문의 좌우부인이 되게 한다. 왕 소저가
  요문에게 보쌈의 폐습을 철폐하도록 한다.

10회: 김한림이 텬폐에 글을 올녀 악풍을 덜다

- 요문이 보쌈의 악풍을 폐하라는 상소를 올리자, 임금이 동

의하여 보쌈이 없어지게 된다. 요문과 좌우부인은 각각 아
들 삼형제를 낳고 잘 살았다.

위의 개요를 보면, 〈신랑의 보쌈〉은 주인공 이름이 김요
문으로 설정되고, 〈정수경전〉의 서사가 변용되기도 하고 새
로운 사건이 추가되면서 신소설적으로 개작된 작품임을 알
수 있다. 이에 대해 차충환이 〈신랑의 보쌈〉에서 새로운 사
건에 대해 정리한 내용을 보면 다음과 같다.[20]

"〈신랑의 보쌈〉에서 새롭게 설정된 사건은 제4회의 오작떼
출현과 원조, 장교의 범인 추포 과정, 제7·8회의 위평의 반간,
제9회의 백수노인의 현몽, 왕소저의 동소저 추천 등이다."

차충환은 이러한 새로운 사건들에 대해 정리하면서, 이러
한 사건들이 오히려 고전소설의 전통을 이어받아 이루어진
것이라고 보았다. 그러면서 10회의 내용에 나오는 보쌈 폐
지 요청에 대해 설명하면서 작품 구성상의 큰 특징이라 하였

---

20 차충환, 「〈신랑의 보쌈〉의 성격과 개작양상에 대한 연구」, 『어문연구』
71. 어문연구학회, 2012, 239쪽.

다. 그리고 표현, 서술상의 특징을 분석하면서 역전적 서술과 서술자 개입을 들었다.

고전소설을 신소설로 개작한 경우 대개 서두에서 그 차이가 확연히 드러난다. 〈신랑의 보쌈〉 역시 그러한 특징이 있다.

> (가) 셔산에 걸닌 희빗 덧업시 너머 가고 동텬에 돗는 달은 언약을 직흰 드시 지쳬 업시 소사 쓸 졔 풀곳헤 밋친 이슬 찬 긔운이 얼켜 잇고 청젼에 오동입은 녯 가지를 사례흐야 소슬흔 찬 바룸을 짜라 흔두 닙식 쑥쑥 써러지는지라 슬푸다 어느덧 홍로의 씨는 더위 거더가고 발셔 츄풍이 긔혜로다 쓸 아릐 오락가락 비회흐는 사룸 무슴 슈회 간졀흐야 밤즁만 잠을 이루지 못흐고 져러틋 혼자 쥬져흐는이 씌는 고려 즁엽 시졀이라 츙신은 만죠흐고 효렬은 셩속흔데 사방이 무사흐고 팔력이 균화흐야 산무도젹흐고 야무유현흐니 가히 희호셰계라 흘너라 묵지 김희션은 본릐 잠영 셰가요 명문 거족으로 고향은 츙쳥북도 쳥풍 군북면 옥녀동일너니 소시예 경셩에 올나와 인흐야 나라에 몸이 믹여 벼살이 점점 도도와 일품에 이르믹 셩군은 만긔를 총찰흐시고 현신은 견마지셩을 다흐야 요슌지치를 일윗더라〈신랑의 보쌈〉

고전소설과 운명 이야기

(나) 경상도(慶尙道) 안동부(安東府) 운학동(雲鶴洞)에 일위(一位) 명환(名宦)이 잇스니 셩(姓)은 뎡(鄭)이오 명(名)은 운션(雲仙)이라 일즉 경셩(京城)에 올나와 벼살이 병조판셔(兵曹判書)에 거(居)ᄒ며 강명뎡직(剛明正直)홈으로 물망(物望)이 조야(朝野)에 진동(振動)ᄒ더니 (한성서관본 〈정수경전〉)

위의 (가)와 (나)는 각각 〈신랑의 보쌈〉과 〈정수경전〉의 서두이다. (나)에 해당하는 내용이 (가)에 어떻게 서술되고 있는지를 비교해 보면, 〈신랑의 보쌈〉에서 신소설적 성격이 어떻게 서술로 드러나는지를 알 수 있다. 〈정수경전〉에는 정수경의 아버지 정운선에 대한 간략한 소개로 시작하는데 비해, 〈신랑의 보쌈〉에서는 시간과 장소에 대해 스산한 분위기를 만들며 세세한 서술을 하고, 김요문의 아버지 김희선에 대한 소개를 한다.

눈에 띄는 차이는 〈신랑의 보쌈〉에서 시공간적 배경이 고려 시절의 충청북도 옥녀동으로 제시되고 있다는 것이다. 서두 부분만 보아서는 〈신랑의 보쌈〉이 〈정수경전〉과 동일한 내용일 것이라는 예상을 하기 어렵다는 점에서 새롭게 쓰기 의도를 파악할 수 있다.

그럼에도 〈신랑의 보쌈〉이 〈정수경전〉과 공유하는 서사가 많다. 우선 전반적으로 서사 전개의 틀이 비슷하다 하겠다. 다시 말해 〈신랑의 보쌈〉은 〈정수경전〉과 전체적인 서사 전개의 틀은 유사하나 세부 서술과 인물의 이름, 서술자의 개입 방식, 사건 구성 등의 측면에서 차이가 있는 정도라 할 수 있다.

요문이 소문을 듯고 모친게 고ᄒᆞ야 왈 소ᄌᆡ 이번에 경성에 올나가셔 관광이ᄂᆞ ᄒᆞ올가 ᄒᆞᄂᆞ이다 모친 왈 너의 말이 미위 불가이나 장ᄂᆡ라도 여일이 상다 ᄒᆞ거니와 ᄯᅩᄒᆞᆫ 네가 하로라도 겻혜 업시면 ᄂᆡ의 고단홈이 일층이ᄂᆞ 더홀지라 이번에ᄂᆞ 단렴홈이 가홀 듯ᄒᆞ도다 요문이 다시 엿ᄌᆞ와 가로ᄃᆡ 교훈이 이러ᄒᆞ신즉 두번 고ᄒᆞ기ᄂᆞᆫ 불민ᄒᆞ오나 소자의 년긔 십오셰에 이르럿사오니 년쳔ᄒᆞ다 홀 슈 업ᄉᆞ오며 이번 과거ᄂᆞᆫ 특별이달쩌니와 션군의 혈육으로 일즉이 츌셰ᄒᆞ야 잠싼 침쳬ᄒᆞᆫ 문호를 빗닐가 ᄒᆞ나이다 부인이 요문에 의사 당연홈을 긔특이 역이여 이에 잠시 가사에 고젹홈만 싱각ᄒᆞ고 허락지 아니홈이 도로여 불가ᄒᆞ도다 ᄒᆞ고 즉시 허락ᄒᆞ시더라 〈신랑의 보쌈〉, 14쪽)

수경(壽景)이 과거(科擧) 긔별을 듯고 모친(母親)게 고(告)

고전소설과 운명 이야기

왈(曰) 소즛(小子) 이번 과거(科擧)에 참(參)녜코져 ᄒᆞᄂᆞ니다 ᄒᆞ니 부인(夫人)이 말녀 왈(曰) ᄂᆡ 널노 더부러 수회(愁懷)를 잇고 셰월(歲月)을 보ᄂᆡ여 혹 네 어ᄃᆡ 가면 ᄂᆡ(我) 문(門)에 의지ᄒᆞ여 도라오기를 기다리ᄂᆞᆫ지라 ᄯᅩ 나히 ᄋᆞ직 어리니 타일(他日) ᄯᅩ 과거(科擧) 되거든 가고 이번은 가지 말나 수경(壽景)이 다시 고 왈(曰) 셰상(世上)에 남아(男兒)로 나셔 우(上)흐로 츙셩(忠誠)을 다ᄒᆞ고 아릭(下)로 빅셩(百姓)을 다사리미 신즛(臣子)의 도리옵고 ᄯᅩ 이현부모(以顯父母)ᄒᆞ옴이 남즛(男子)의 ᄯᅥᆺᄯᅥᆺᄒᆞᆫ 일이라 엇지 녹녹(碌碌)히 셰월(歲月)을 허송(虛送)ᄒᆞ리잇고 복망(伏望) 모친(母親)은 허(許)ᄒᆞ시사 금번 과거(科擧)에 구경케 ᄒᆞ소셔 ᄒᆞ니 부인(夫人)이 구지 말뉴치 못ᄒᆞᆯ 줄 알고(한성서관본, 〈정수경전〉, 5-6쪽)

위에 인용한 부분은 〈신랑의 보쌈〉 주인공 김요문과 〈정수경전〉의 주인공인 정수경이 과거를 보겠다고 모친에게 여쭙는 장면이다. 〈신랑의 보쌈〉과 〈정수경전〉을 비교해 보면, 주인공이 모친에게 자신의 과거 보겠다는 의지를 관철시킨다는 내용은 동일하나 주인공의 의지와 모친이 허락하는 태도 면에서 약간의 차이를 보인다. 이러한 장면에서 볼 수 있는 〈신랑의 보쌈〉과 〈정수경전〉의 유사성은 이 두 작품을 같은 이본으로 묶을 수 있는 근거가 되기도 한다. 비단 이 장면뿐만 아니라 사건의 구성, 예를 들면 주막집 여인의 살해 누명을 썼다가 풀려난다든지, 보쌈을 당했다가 죽을 뻔하였으나 금은을 써서 살게 된다든지, 신혼 첫날 밤 신부의 죽음으로 살인범으로 몰려 죽게 되었을 때 여인의 도움으로 풀려나고 그 여인과 혼인을 하게 된다는 서사 등을 들 수 있다.

〈신랑의 보쌈〉의 특징들을 종합해 보면, 결국 〈정수경전〉을 신소설로 개작하면서 일어난 변화가 보이긴 하지만, 사건 서술 측면에서 〈정수경전〉과 차별화하기 위한 요소를 고전소설의 전통에서 찾고 있음을 알 수 있다. 다시 말해, 〈정수경전〉을 〈신랑의 보쌈〉 개작한 작가는 분명 신소설 창작을 의도하였으며, 그 방식은 〈정수경전〉의 주요 서사를 바탕으로 하면서 서술이나 내용을 신소설의 방식으로 다시 쓴 것이라 할 수 있다.

이헌홍이나 차충환의 논의를 참고하여 보면, 〈정수경전〉과 〈옥중금낭〉, 〈신랑의 보쌈〉 사이의 관계는 이본의 범주로 볼 수 있을 만큼 주요한 서사 구조와 틀을 공유하고 있으나 서로의 영향 관계가 한 방향으로 작용하지는 않은 것으로 보인다.[21] 작품의 생성 시기를 고려하면, 〈정수경전〉 다음에 〈옥중금낭〉, 그리고 〈신랑의 보쌈〉 순서이겠지만, 작품 간 관계가 생성 순서대로 순차적으로 만들어지지는 않고 있다는 의미이다.

〈신랑의 보쌈〉은 신소설 작품에서 흔히 볼 수 있는 계몽 의식이 서술자 개입으로 돌출되고 있음이 확인된다.[22] 그래서 〈정수경전〉을 신소설로 다시 쓰면서 고전소설을 통해 계몽 의식을 강조하기 좋은 작품으로 선정한 결과라고 할 수 있다.

---

21 차충환은 〈정수경전〉과 〈옥중금낭〉, 〈신랑의 보쌈〉의 관계에 대해 다음과 같이 분석한 바 있다.

　　"이헌홍은 〈옥중금낭〉과 〈정수경전〉의 관련성을 검토하면서 신생대목, 공통대목, 변용대목, 공통 및 변용대목이란 판단기준으로 〈옥중금낭〉의 특징을 고찰했는데, 〈옥중금낭〉의 신생대목과 변용대목 중에서 〈신랑의 보쌈〉과 관련되는 부분은 존재하지 않는다. 이는 〈신랑의 보쌈〉이 〈옥중금낭〉보다 나중에 발행되었음에도 불구하고 그것의 영향을 별로 받지 않았음을 말해준다."(차충환, 「〈신랑의 보쌈〉의 성격과 개작양상에 대한 연구」, 『어문연구』 71. 어문연구학회, 2012, 232쪽.)

22 차충환은 〈신랑의 보쌈〉 중 10회가 계몽적 성격이 강하다고 하였다. 그리고 〈신랑의 보쌈〉의 성격에 대해 소설사적으로 다음과 같이 정리하였다.

　　"〈신랑의 보쌈〉은 1900년대 전반기 신소설과 구활자본 고소설이 시기를 분단하면서 세를 점하고 있을 때의 소설적흐름을 대표적으로 보여주는 작품이 아닌가 한다. 요컨대, 〈신랑의 보쌈〉이 고소설적 성격을 중심으로 하면서도 일부 신소설적 요소를 지니고 있는 것은 신소설 득세기를 거쳐 구활자본 고소설이 득세할 시기에 탄생했기 때문으로 본다."(차충환, 「〈신랑의 보쌈〉의 성격과 개작양상에 대한 연구」, 『어문연구』 71. 어문연구학회, 2012, 251-254쪽.)

---

## 3. 〈정수경전〉에 나타난 운명 이야기

〈정수경전〉을 통해 운명 이야기를 살피고, 운명에 대한 논의를 펼칠 수 있는 것은 〈정수경전〉에 담긴 여러 가지 운명 이야기의 요소 때문이다. 앞서 운명 이야기로 분류되는 설화의 예를 살펴보면서 확인하였듯이, 이들 운명 이야기를 〈정수경전〉에서 찾아볼 수 있다. 이에 〈정수경전〉이 운명 이야기와 관련될 수 있음을 등장인물의 행위와 사건의 전개, 관련되는 설화 등을 통해 논의해 보고자 한다.

〈정수경전〉이 고전소설 중에서도 운명 이야기를 전폭적으로 다루고 있는 작품으로 들 수 있는 것은 설화에 나타난 운명 이야기의 요소들, 즉 점복이나 연명, 과거 보러 가는 길에 겪는 보쌈 등이 수용된 양상 때문이다. 이는 고전소설사의 전개 과정에서 특징지울 수 있는 〈정수경전〉의 의의이기도 하다.

그런데 설화와 같이 단편적으로 완결된 운명 이야기가 아니라 여러 운명 이야기의 요소가 복합적으로 얽혀 한 편의 소설로 형성된 〈정수경전〉은 사람살이에서 운명이 어떻게 작용하는지, 운명이 어떤 의미가 있는지 등에 대한 향유층의 인식이 총체적으로 반영된 양상으로 볼 수 있다. 사람의 인생에서 운명에 관심을 갖게 되는 것은 미래를 알 수 없는 인생길에서 혹시 미리 어떤 일을 알 수 있지 않을까 하는 마음에서이다. 이것은 성공적인 인생, 행복한 삶을 살고 싶은 욕구의 발로이기도 하다.

그래서 자신이 성공을 할 수 있는지, 성공하려면 어떻게 해야 하는지, 혹시 성공에 방해되는 요인을 없애거나 이겨낼 수 있는지를 알고 싶어서 자신의 운명을 미리 알 수 있는 방법을 모색한다. 그것이 〈정수경전〉과 같은 고전소설에서 보이는 점을 치는 행위이다.

미리 운명을 알아내어 성공하려는 인생은 어떤 것인가? 우선 자신이 하고자 하는 것이 이루어지는 것, 예를 들어 과거시험에서 급제한다든지, 돈을 많이 번다든지 하는 성취를 들 수 있다. 그리고 자신의 행복한 인생을 위해 좋은 인연을 만나 결혼하는 것을 들 수 있다. 많은 운명 이야기의 소재가 천생연분, 천정지연에 대한 것이라는 데에서 이를 확인할 수 있다.

또한 건강하게 장수하는 것을 들 수 있다. 잘 산 인생, 좋은 인생을 이야기할 때 만수무강을 기원하는 것도 사람살이에서 근본적으로 장수하는 것이 복 받은 인생이기 때문이다. 여기서는 〈정수경전〉에서 운명이 제시되는 방식과 운명이 실현되는 과정을 서사 전개에 따라 살펴볼 것이다.

일반적으로 사람들이 점을 쳐서 자신의 운명을 미리 알게 되었을 때, 그 운명이 좋은 것이면 더 이상 별로 고민하지 않는다. 사람들이 점을 치는 심리도 자신의 삶을 좋은 쪽으로 만들고 싶기 때문이다. 자신이 좋은 운명을 가졌다면 그것을 확인하는 것으로 충분하겠지만, 나쁜 운명이 예정되어 있다면 이를 피하거나 이겨 내고 싶어 한다. 좋은 운명은 좋은 대로 잘 지켜나가고 나쁜 운명은 좋은 운명으로 바꾸기 위해 노력하는 것이다. 모든 사람의 바람이 그렇겠지만, 삶이 끝나는 순간까지 행복하게, 순탄하게, 잘 살기를 바라고, 그리고 오래 살기를 바라고, 좋은 죽음을 맞이하기를 원한다.

사람들이 자신들의 운명에 대해 고민하게 되는 것은 운명이라는 것이 근본적으로 자신의 힘으로 설계한 것이 아니기 때문이다. 운명은 애초에 자신의 선택과 결정에 따라 정해진 것이 아닌 것이다. 나를 지배하는 우주, 내가 모르는 어떤 힘, 나보다 초월적 존재에 의해 결정되어 있기에 그것을 운명이라 하는 것이다. 그래서 설령 어떤 나쁜 운명이 자신을 기다리고 있다 하더라도 미리 알고서 대비하면 된다는 생각에 점을 보기도 한다.

점을 치는 행위는 운명에 대해 인생의 주체인 사람이 운명에 적극적으로 대응하는 태도라 할 수 있다. 다시 말해 이는 운명에 대해 순응하는 것이 아니라 바꾸어 보려는 적극성을 띠는 행위인 것이다. 사실 나쁠 수 있는 미래에 대해 미리 알려고 노력할 필요가 없다고 생각할 수 있다. 모르면 모르는 대로, 닥치면 닥치는 대로 살리라고 생각할 수 있는 것이다. 그런데도 미리 점을 보아 나쁜 운수를 예견하고 그것을 이겨내 보려는 시도는 운명에 대해 매우 적극적인 방어 자세라 할 수 있겠다.

대개의 경우 우리 고전소설에서 운명이 제시되는 방식은 초현실적 기제로 이루어진다. 천상의 존재나 초현실을 매개하는 존재가 나타나서 신비스럽게 알려 준다든지, 꿈과 같이 무의식 속에서 제시가 된다든지, 이미 태어날 때부터 예정된 삶을 살게 된다는 것이 어떤 징표로 나타나든지 하는 것이다. 〈정수경전〉에서는 점복을 통해 예정된 운명이 선포된다. 이때의 운명은 〈정수경전〉의 주인공 정수경이 피하거나 극복해 내어야 하는 액, 모진 고난이다.

흥미로운 것은 점쟁이가 정수경에게 앞으로 닥쳐올 액에 대해서는 예언하였지만, 과거 급제 외에는 다른 결과에 대해서는 예언하지 않았다는 것이다. 이는 정수경이 과연 앞으로 닥칠 운명을 피해갈 것인지, 액을 이겨낼 수 있을지 그 결과에 따라 다른 것이기 때문일 것이다. 그래서 점쟁이가 말한 예언은 정수경에게 어떤 일이 닥칠 것이라는 점에서 확실히 결정되어 있는 운명이지만, 그 결과가 어떠할지에 대해서는 결정되지 않은 운명이라 할 수 있다. 다시 말해 〈정수경전〉에서 점쟁이의 예언은 정수경에게 선택지로 던져진 운명이다.

> 수경(壽景)이 모친게 ᄒᆞ직ᄒᆞ고 길에 올나 ᄒᆞᆫ 곳에 다다르니 판수 잇셔 졈(占)이 신통(神通)타 ᄒᆞ거늘 수경(壽景)이 복치(卜債)를 노코 길흉(吉凶)을 무르니 판수 산통을 늬여 흔들더니 소경이 이윽히 싱각ᄒᆞ다 왈(曰) 이번 힝ᄒᆞᆷ익 죽을 수이시니 엇지 모면ᄒᆞ리오 만일(萬一) 이 수를 면ᄒᆞ면 과거(科擧)는 ᄒᆞ리라 ᄒᆞ거늘 수경(壽景)이 ᄎᆞ언(此言)을 듯고 왈(曰) 엇지ᄒᆞ여야 도라오는 익(厄)을 막으리잇고 소경이 이윽히 싱각(生覺)다가 글(書) ᄒᆞᆫ 귀(一句)를 지어쥬며 왈(曰) 죽을 지경에 당ᄒᆞ거던 늬여 노으면 도익(禱厄)ᄒᆞ리라 ᄒᆞ거늘 수경이 바다 가지고 인ᄒᆞ여 하직ᄒᆞ고 길에 올나 힝ᄒᆞ더니(한성서관본 〈정수경전〉, 6-7쪽)

정수경은 과거를 보러 가는 길에 두 번의 점을 본다. 위의 장면은 정수경이 첫 번째 점을 보는 상황이다. 정수경은 점을 잘 보는 봉사 점쟁이가 있다는 말에 선뜻 길흉을 묻는다. 이러한 정수경의 태도는 점을 쳐서 운명을 미리 아는 것에 관심이 많음을 보여준다.

앞 못 보는 점쟁이는 정수경에게 죽을 수가 있다 하고, 이 죽을 수를 모면한다면 과거는 할 수 있다 한다. 점쟁이의 예언은 정수경에게 죽을 수가 있는데 과거를 보러 갈 것인지, 아니면 집으로 돌아갈 것인지를 묻는 선택의 물음이다. 여기서 정수경은 과거를 보지 않고 집으로 돌아갈 것을 선택하지 않고 점쟁이에게 도액할 방법을 묻는다. 서술상으로는 정수경이 놀라거나 집으로 돌아갈 것을 고민하지 않는다. 단지 어찌하여야 자신에게 돌아오는 액을 막을 수 있을지 방법을 묻는다. 이에 점쟁이는 글귀를 지어 주면서 죽을 지경이 되면 내어놓으라 한다.

첫 번째 점쟁이의 예언대로 액을 만나 고비를 넘긴 후 정수경은 다시 길을 가다 점을 본다. 두 번째 점을 보고 정수경이 취하는 태도는 훨씬 더 간절하고 곡진하다.

수경(壽景)이 즉시 하직ᄒ고 힝ᄒ여 여러 날 만의 경셩(京城)의 다다라 주인(主人)을 졍(定)ᄒ고 과일(科日)을 기다리

더니 동힝인(同行人)이 구경 가기를 청(請)ᄒ거늘 수경(壽景)이 마지못ᄒ야 동힝을 ᄯᆞ라 두루 구경ᄒ더니 맛참 ᄒᆞᆫ 다리(橋) ᄀᆞᆺ(邊)의 졈치ᄂᆞᆫ(占卜) 집(家)이 잇거늘 수경(壽景)이 동힝다려 왈(曰) 늬 이 집을 단녀갈 거시니 그ᄃᆡ(君) 등(等)은 먼져 가라 ᄒᆞ고 그 집에 드러가 문복(問卜)ᄒᆞ라 오믈 통(通)ᄒ니 이윽고 동ᄌᆞ(童子) 나와 청(請)ᄒ거늘 수경(壽景)이 그 동ᄌᆞ(童子)를 ᄯᆞ라(隨) 판수 압혜 니르러 례(禮)ᄒ고 싱년(生年) 월일시(月日時)를 고(告)ᄒ니 판ᄉᆞ 산통(算通)을 흔들고 졈(占)을 치더니 이윽고 샹을 씽그려 왈(曰) 그대(君) 네(四) 번(番) 죽을(死) 수(數)에셔 ᄒᆞᆫ(一) 번(番)은 면(免)ᄒ거니와 세(三) 번(番)을 엇지 ᄒᆞ리오 ᄒᆞ고 묵묵 불언(不言)ᄒ거늘 수경(壽景)이 이 말(此言)을 듯고(聞) 안식(顔色)이 여토(如土)ᄒ여 이러나 졀(拜)ᄒ고 왈(曰) 화복길흉(禍福吉凶)은 신수(身數)여니와 만일(萬一) 소ᄌᆞ(小子) 죽사오면 만리(萬里) 밧(外) 날(日)노 기다리시ᄂᆞᆫ 모친(母親)을 엇지ᄒᆞ리잇고 복망(伏望) 판ᄉᆞ(判事)은 소ᄌᆞ(小子)의 졍지를 어엿비 녁이ᄉᆞ 도익지칙(禱厄之責)을 가르쳐 쥬옵소셔 ᄒᆞ고 연ᄒᆞ여 울거늘 판ᄉᆞ 수경(壽景)다려 왈(曰) 임의(任意)로 도익(禱厄)하량이면 엇지 신수불길(身數不吉)ᄒᆞᆫ ᄉᆞ룸이 잇스리오 부질럽슨 말 말고 곳 고향(故鄕)의 도라가 모(母)친의 얼골이나 다

시 뵈오라 ᄒ거늘 수경(壽景)이 이걸(哀乞) 왈(曰) 소ᄌᆞ(小

子) 혈혈독신(孑孑獨身)으로 조실부친(早失父親)ᄒ고 편모

(片母)를 모시고 잇ᄉᆞ다가 외름이 과거(科擧)의 참녜(參禮)

코져 ᄒ여 모친(母親)이 말니시믈 듯지 아니ᄒ고 왓ᄉᆞ다가

다힝(幸)이 존ᄉᆞ(尊師)를 만ᄂᆞ뵈오나 도익(禱厄)ᄒᆞᆯ 방칙(防

責)을 가르치ᄉᆞ 소ᄌᆞ(小子)의 잔명(殘命)을 구(救)ᄒ시면 이

의 ᄯᅩ 두(二) 목슘(命)을 구(救)ᄒ시미니이다 ᄒ니 (한성서관

본 〈정수경전〉, 9-10쪽)


　위에서 인용한 부분은 정수경이 첫 번째 액을 넘기고 경
성에 가서 과거 보는 날을 기다리던 중에 구경을 나갔다가
점치는 집을 보고 동행과 길을 달리하여 점집에 들어가서 일
어난 일을 보여준다. 정수경이 동행들의 권유로 마지못해 구
경을 나갔다고 상황이 서술되어 있는데, 정수경은 구경을 나
가서는 다리 주변에 있던 점집을 보고 동행을 먼저 돌려보낸
다. 이는 정수경이라는 인물이 가진 관심사를 보여주기도 한
다. 서울 구경을 나갔으니 구경거리를 찾아 더 돌아다닐 수
도 있는데, 여기에는 더 이상 관심을 보이지 않고 자신의 운
수를 점쟁이에게 물어보는 쪽으로 발길을 향한다.
　정수경이 자신의 생년과 월일시를 고하고 점을 본 결과는

"그대(君) 네(四) 번(番) 죽을(死) 수(數)에셔 흔(一) 번(番)은 면(免)ᄒ거니와 셰(三) 번(番)을 엇지 ᄒ리오"로, 죽을 운수가 4번이나 있는데, 이미 한 번은 지나갔고, 이제 3번이 남았다는 것이다. 그리고 점쟁이는 더이상 아무 말을 하지 않았다고 하니 얼마나 무섭고 무거운 이야기인지 알 수 있다.

여기서 정수경의 태도를 눈여겨 볼 필요가 있다. 첫 번째 점을 보았을 때와 마찬가지로 정수경은 자신의 죽을 운수에 대해 피하려 하지 않고 정면 대결을 선택한다. 자신에게 닥칠 운명을 듣고서도 그것을 거부하거나 피하지 않는 것이다. 그리고 그것을 이겨낼 방법을 강구한다.

다시 한번 정수경의 말과 점쟁이의 말을 살펴보도록 하자. 정수경은 "소ᄌ(小子) 죽사오면 만리(萬里) 밧(外) 날(日)노 기다리시ᄂᆞ 모친(母親)을 엇지ᄒ리잇고 복망(伏望) 판ᄉ(判事)은 소ᄌ(小子)의 졍지를 어엿비 녁이ᄉ 도익지칙(禱厄之責)을 가르쳐 쥬옵소셔"라고 자신의 죽을 운수에 대해 스스로 피하려 하지 않고, 점쟁이에게 도액할 방법을 가르쳐 달라고 설득한다. 그리고 점쟁이를 설득하는 근거를 자신의 죽음이 가져올 비극적 상황, 즉 만리 밖에서 매일같이 자신을 기다리는 모친을 들어 자신이 반드시 살아야 함을 강조한다.

정수경의 도액 방법 요구에 대해 점쟁이의 답은 의외로

간단하다. 부질없는 말 하지 말고 바로 고향에 돌아가 모친의 얼굴을 뵈라는 것이다. 그렇다. 정수경이 말한 논리대로라면 그냥 집으로 돌아가서 어머니를 뵙고, 걱정하는 마음, 그리워하는 마음을 풀어드리면 되는 것이다.

점쟁이가 말한 고향 집으로 돌아가는 방법은 쉽고 간단한 방법이고, 도액하는 방법은 매우 어려운 방법이다. 점쟁이의 말을 빌자면, 마음대로 그렇게 도액할 수 있는 것이라면 세상에 누가 신수불길한 사람이겠느냐는 것이다.

이렇게 보면, 오히려 풀기 어려운 것이 정수경의 마음이다. 정수경은 과거를 보겠다는 의지가 매우 강하다. 그래서 심지어 자신에게 죽을 운명이 기다리고 있다고 하는데도 과거를 포기하고 집으로 돌아가는 선택이 아니라, 도액할 방책을 구하여 과거 보는 길을 선택을 하고 있다. 정수경은 다시 한번 점쟁이를 설득하며 자신에게 도액할 방법을 알려 주면, 정수경 자신 한 명이 아니라 정수경과 모친 두 사람의 목숨을 구하는 것이라고 하여 도액할 방법을 알려 주는 것의 의미에 무게를 가한다.

정수경이 과거 보는 것에 대해 가진 의지가 〈정수경전〉에 서술된 것보다 훨씬 강했던 것을 확인할 수 있는 부분이다. 정수경이 모친에게 과거 보러 가는 것에 대해 허락을 받을 때에도 강한 의지가 보이긴 하였으나, 정수경이 점쟁이에게 하는 말에서 그 의지가 훨씬 더 확고했음을 볼 수 있는 것이다. 일찌감치 부친을 여의고 편모슬하에 있었기에 외로운 어머니 곁을 지키는 것이 더 바람직한 일일 수도 있었으나, 과감히 과거 보는 것을 선택하였기에 정수경은 자신에게 아직 오지 않은 죽을 운수 때문에 과거를 포기할 수는 없다고 생각했을 것이다.

> (가) 수경(壽景)이 과거(科擧) 긔별을 듯고 모친(母親)게 고(告) 왈(曰) 소ㅈ(小子) 이번 과거(科擧)에 참(參)녜코져 ㅎᄂ니다 ㅎ니 부인(夫人)이 말녀 왈(曰) 닉 널노 더부러 수회(愁懷)를 잇고 세월(歲月)을 보닉여 혹 네 어딕 가면 닉(我) 문(門)에 의지ㅎ여 도라오기를 기다리ᄂ지라 쏘 나히 ᄋ직 어리니 타일(他日) 쏘 과거(科擧) 되거든 가고 이번은 가지 말나 수경(壽景)이 다시 고 왈(曰) 세상(世上)에 남아(男兒)로 나셔 우(上)흐로 츙셩(忠誠)을 다ㅎ고 아릭(下)로 빅셩(百姓)을 다사리미 신ㅈ(臣子)의 도리옵고 쏘 이현부모(以顯父母)ㅎ옴이 남ㅈ(男子)의 쩟쩟흔 일이라 엇지 녹녹(碌碌)히 세월(歲月)을 허송(虛送)ㅎ리잇고 복망(伏望) 모친(母親)은 허(許)ㅎ

　　　　　　　　　고전소설과 운명 이야기

시사 금번 과거(科擧)에 구경케 ㅎ소셔 ㅎ니 부인(夫人)
이 구지 말뉴치 못홀 줄 알고(한성서관본 〈정수경전〉,
5-6쪽)

(나) 잇씩 뎡슈졍이 과거 쇼식을 듯고 모친게 엿즈오딕 쇼즈
의 나히 이졔 십육 셰라 딕쟝뷔 셰상의 나믹 입신양명
ㅎ여 임군을 셤기고 문호를 빗닉미 젓젓흔 일이요 ㅎ향
궁곡의 뭇쳐 잇슴은 불가ㅎ온지라 슬ㅎ를 줌간 써나 이
번 과거의 구경코져 ㅎ나이다 부인이 딕졍 왈 닉 늦계
야 너를 어더 보옥갓치 스랑ㅎ더니 가운이 불힝ㅎ여 너
의 부친니 일즉 별셰ㅎ시니 밧그로 강근지친니 업고 안
으로 웅문지동이 업셔 모지 셔로 의지ㅎ여 네 앗침의 나
어가 졈으도록 아니 도러온즉 딕문 밧긔 나어가 마을을
의지ㅎ여 바라거날 쏘흔 네 나히 어리고 한양이 예셔
쳔여 리라 엇지 힝보ㅎ며 나난 누를 의지ㅎ여 일시나
지닉리요 옛말의 ㅎ엿스되 임군을 셤긴 후의 문호를 빗
닉다 ㅎ나 네 나히 늦지 아니ㅎ니 망녕된 말을 다시 말
나 슈졍이 쏘 엿즈오딕 시호시호여부지닉라 쇼즈의 나
히 이졔 이팔이온즉 군직 가히 입신양명할 씩라 오난
씩를 일습고 심산궁곡의 뭇쳐 죵신ㅎ오면 일기 슈졍이

인간의 낫슴을 뉘 알니잇가 복망 모친은 일시 연연ᄒᆞᆫ 정
을 싱각지 마르시고 쇼ᄌᆞ의 쇼원을 일우게 ᄒᆞ쇼셔 부인
이 그 말을 드르미 ᄠᅳᆺ시 녹녹지 아니흠을 알고 구지 말
뉘치 못하여 노비와 힝중을 ᄎᆞ려 쥬어 길을 써날ᄉᆡ(한
글박물관본 〈졍슈졍젼〉, 3-4장)

(다) ᄎᆞ시 두경이 이 소식을 듯고 즉시 모친긔 고왈,

"쇼ᄌᆞ의 연광이 십육셰오, 중뷔 호픠 찰 나히 지나사오
니 한번 경셩의 올나가 과거을 구경ᄒᆞ올 마음이 간졀ᄒᆞ
오니, 모친은 허ᄒᆞ심을 ᄇᆞ라ᄂᆞ이다."

ᄒᆞ딕, 부인 왈,

"닉 늦게야 너을 나아 형손 빅옥가치 ᄉᆞ랑ᄒᆞ여 여슈 그
린 가치 ᄉᆞ랑ᄒᆞ더니, 가운이 불길ᄒᆞ여 너의 부친니 일직
ᄒᆞ계ᄒᆞ신이 박그로 강근지친이 읍고, 안으로 응문지치
통이 읍시 다만 모ᄎᆞ 셔로 의지ᄒᆞ여, 네가 아춤의 셔당
의 가셔 져무도록 오지 안이ᄒᆞ면 닉 즁문의셔 의지ᄒᆞ여
기다리고, 하로만 나가셔 보지 못ᄒᆞ면 습츄가치 지닉거
날, ᄯᅩ 네 나히 아즉 어리고 예셔 ᄒᆞᆫ양이 건 쳘니 원경
의 엇지 미셩ᄒᆞᆫ 소동으로 혼ᄌᆞ 가려 ᄒᆞ며, 간 후 ᄂᆞ늘
근 어미가 누을 의지ᄒᆞ여 줌시간닌들 엇지 지닉리? 옛

고전소설과 운명 이야기

말의 ᄒᆞ여시되, '남ᄌᆞ 되어 임군 셤길 날은 만코, 어미 셤길 날은 젹도', ᄒᆞ여신니, 네 상셩ᄒᆞᆫ 터의 쓸 쳥운의 두어 문호을 빗닉미 늣지 안이ᄒᆞ니 경망ᄒᆞᆫ 말을 다시 말라."

ᄒᆞ니, 두경 침음 공경ᄒᆞ여 엿ᄌᆞ오되,

"ᄌᆡᄇᆔ 셰상의 나셔 연광이 즁셩ᄒᆞ와 시졀 불평ᄒᆞ면 셩명을 구치 말고, 셰상이 틱평ᄒᆞ거든 몸을 환희의 부쳐 입신양명ᄒᆞ여 우흐로 츙셩을 다ᄒᆞ여 임군을 셤기고 아릭로 은졍을 볘푸러 억조ᄎᆞᆼ싱을 도챤 즉 즁의 건지미 즁부의 쩟흔 닐오, 신ᄌᆞ의 당부당ᄒᆞᆫ 즉분니압고, 도 소ᄌᆞ의 나이 이팔쳥춘니라, 군ᄌᆞ의 금의환향홀 ᄭᅢ노니 만닐 잇ᄯᅥᆯ을 일습고 향곡흐로 와 심슌유곡의 죵젹을 붓쳐 초목과 갓치 셕어 빅년을 죵신ᄒᆞ면, 셰상 스람이 뉘 능히 졍두경이 인간의 잇난 쥴 알니가? 모친은 잠시 익원지졍을 과렴치 마르시고 소ᄌᆞ의 평싱 소원을 듀어 ᄭᅢ을 이루게 하소셔."

ᄒᆞᆫ되, 부인니 그 말을 드른즉 아ᄌᆞ의 활달ᄒᆞᆫ 소견이 짐즉 영웅호걸의 긔싱이라, 구지 말유치 못ᄒᆞ여(〈졍두경젼〉, 332-334쪽)[23]

정수경이 모친에게 과거를 보겠다고 의지를 표명하는 장면이 이본별로 차이가 있는지 확인해 보기 위해 다른 이본들의 해당 장면을 인용해 보았다. (가)는 활자본 한성서관본 〈정수경전〉이고, (나)는 국립한글박물관에 소장되어 있는 필사본 〈뎡슈졍젼〉이며, (다)는 하버드대 소장본 〈정두경전〉이다. (가)와 (다)는 이본 연구에서 특이성이 있는 이본으로 거론된 바 있으며, (나)는 기존에 별달리 언급된 적이 없다. (가), (나), (다)에서 정수경이 모친에게 과거를 보겠다는 의지를 표명하는 방식을 보면 나이를 들기도 하고, 남자로서의 노릇을 들기도 하고 과거를 보아 입신양명해야 할 필요를 들기도 한다. 이에 대한 정수경 모친의 반응은 공통적으로 부정적이다. (가)에 비해 (나)와 (다)에서 모친이 정수경을 말리는 말이 훨씬 더 절절하다. 정수경 부친의 일부터해서 자신의 의지할 곳 없는 상황을 들어 정수경에게 이번 과거는 가지 말라는 말을 하는 것이다. 그런데도 정수경은 모친을 설득하여 결국은 과거 보러 길을 떠나게 된다.

그런데 한편으로 이러한 정수경이 애초에 가졌던 과거에

---

23 이상택 역주, 이종묵 역주, 『화산중봉기 · 민시영전 · 정두경전』, 고려대학교 민족문화연구원, 2015. 이 이본은 소위 하버드대본으로 불린다.

고전소설과 운명 이야기

대한 강한 의지를 고려하지 않고서도 서사 진행 과정에서 생긴 예언과 관련지어 볼 수 있다. 정수경이 첫 번째로 보았던 점에서 점쟁이가 한 말에 근거해서 보면 정수경은 자신이 이미 한 번의 죽을 액을 넘겼으므로, 당연히 과거를 보게 되리라는 확신을 가졌을 수 있다. 처음 만난 앞 못보는 점쟁이가 정수경에게 "만일(萬一) 이 수를 면ᄒ면 과거(科擧)ᄂᆞ ᄒ리랴"라고 한 말을 정수경이 떠올렸을 수 있는 것이다.

이렇게 정수경이 과거를 보아야겠다고 결심하고 모친에게 자신의 의지를 밝히는 장면이나 점쟁이를 만나 죽을 운수가 있다는 말을 듣고서도 여전히 과거를 보겠다는 의지를 지키고 있는 것을 볼 때 〈정수경전〉에서 운명 이야기는 입신양명의 의지와 과거 급제라는 결과가 강조되고 있다는 것을 알 수 있다. 운명 이야기가 〈정수경전〉으로 수용되면서, 정수경이라는 인물의 성취 과정으로 편입된 것이다. 여기서 정수경에게 던져진 운명은 선택된 것이다. 예언의 방식으로 알려진 정수경의 운명은 정수경이 선택함으로써 운명으로 실현되는 것이다.

한편 예언이 예언으로서 작용하는 방식에 대해 살펴보자. 예언이 어떤 식으로든 선포되어 해당 인물에게 알려지지 않으면 그것은 운명이 될 수 없다. 운명은 예언의 실현이라는 방식으로 드러나기 때문이다. 그래서 예언이 예언으로 기능하기 위해서는 예언의 대상자에게 알려져야 한다. 예언으로든 어떤 방식으로든 대상자에게 운명이 알려지지 않으면 운명이 무엇인지, 운명이 과연 실현된 것인지, 운명이 바뀐 것인지 알 수가 없기 때문이다. 운명에 대한 예언이 이루어지고 운명의 대상자가 그것을 알 때에 운명 이야기가 시작된다. 그리고 그것은 예언에 대해 선택의 여부가 운명의 실현인지 도피인지 변화인지 결정한다.

정수경이라는 인물이 운명의 예언에 대해 가진 관심은 과거에 대한 의지만큼이나 커 보인다. 그것은 여러 이본에서 정수경은 자발적으로 점을 보고, 어떤 경우 돈을 빌려서까지 점을 보고 있는 데에서 알 수 있다. 앞서 한성서관본에서 보았듯이, 서울 구경을 한다고 나가서는 동행들과 달리 정수경은 점을 치러 가는 것이다.

> (가) 맛참 혼 다리(橋) 신(邊)의 겹치는(占卜) 집(家)이 잇거
> 늘 수경(壽景)이 동힝다려 왈(曰) 닌 이 집을 단녀갈 거
> 시니 그딕(君) 등(等)은 먼져 가라 ㅎ고 그 집에 드러가
> 문복(問卜)ㅎ라 오믈 통(通)ㅎ니(한성서관본 〈정수경
> 전〉, 9쪽)

(나) 동형과 혼가지 다니며 장안 풍경을 두로 귀경호다가 슘
천동의 이르러 날이 졈물거날 쥬인 집을 추져 도러오더
니 혼 누각이 잇난듸 방을 써 붓쳣시되 과거 졈을 할 지
잇거던 돈 닷 양을 가지고 오라 호엿거날 슈졍이 낭탁을
열고 보니 다만 두 냥쑨니라 돈 슥 냥을 동형의게 취호
여 갓고 동형다려 왈 늬 잠간 이곳싀 단여 갈거시니 그
듸난 먼져 도러가라 호고 그 집을 추져 드러가니(한글
박물관본 〈졍수졍전〉, 5장)


(다) 황황이 쥬인집을 추자 도라오더니, 길가의 한 누각이 반
공의 소스난듸 문 숭의 방을 붓쳐시듸,
"이번 과거의 과졈호고즈 호난 즈는 션빅 잇거든 문복
젼 닷양식 가지고 오라."
하엿거늘, 듀졍이 낭즁으로 보니 엽젼 승냥이라. 그 부
족혼 것슨 동형의계 취호여 가지고 이르되,
"늬 이 근쳐의 긴니 추져볼 스람이 잇시니 동형은 먼져
쥬인집으로 가라."
호고, 은근니 혼즈 그 집을 추져 드러가니,(〈졍두경전〉,
338쪽)

(가), (나), (다)에서 정수경이 점치는 집을 발견하고 취하는 행동을 보면, 정수경이 얼마나 점치는 일에 관심이 많고 적극적인지를 알 수 있다. (가)의 한성서관본 〈정수경전〉에서는 정수경이 같이 서울 구경하던 일행을 먼저 돌려보내는 것으로만 서술되어 있지만, (나)와 (다)에서는 점 보는 데 필요한 다섯 양을 마련하기 위해 동행들에게 돈을 빌리고 있다. (나)에서는 정수경이 두 양만 갖고 있어 세 양을 빌리는 것으로, (다)에서는 정수경이 세 양을 갖고 있어 두 양을 빌리는 것으로 되어 있다. 이렇게 점을 보기 위해 돈까지 빌리는 정수경의 행동은 정수경이 점 보는 일에 매우 열심임을 보여준다. 좀 더 강조해서 말하자면 점쟁이의 말을 간절하게 듣고 싶어하며 점쟁이의 말을 들을 준비가 되어 있는 것이다.

점쟁이가 정수경에게 하는 말은 정수경의 운명에 대한 예언이다. 그 운명은 정수경에게 죽음을 생각하게 하는 매우 큰 위험이었고, 정수경은 이를 알고 대책을 구하게 된다.

〈정수경전〉에서 예언이 제시되는 방식은 기존의 운명 이야기가 수용된 것이다. 앞서 점복 설화를 검토하면서 〈세 대룡의 예언, 一黃白三一〉, 〈황백삼 잡은 얘기〉 등을 들어 보았다. 이들 설화에서 공통적으로 주인공이 3번의 죽을 고비를 넘기는 것으로 나온다. 이는 〈정수경전〉에서도 볼 수 있다.

고전소설과 운명 이야기

(가) "과거는 틀림없이 장원 급제를 겠는디. 죽을 수가 세 번
　　을 당하겠는디. 두 번은 워치기 맘을, 두 번은, 첫번이
　　죽을 수는 마음만 잘 먹으면 살구. 두 번째 죽을 수는
　　둔(돈) 가지면 살구 세 번째 죽을 수는 이거 워치게 도
　　무지 모면할 수가 없다."(〈황백삼(黃白三) 잡은 얘기〉)


(나) 응 유초점(蓍草占)이걸 떡 삼(三)을 뽑더니,
　　"당신" 죽을 고비가 시 번이야, 헌디 두 번은 내가 말로
　　해줘도 되거니와, 그냥 내게 있는 물견으로 드려두 되는
　　데, 내 몸에 해로워. 허니 당신 신세가 가긍하게 되었으
　　니, 응 가긍하게 됐으니, 내가 물견이루 줄테니까, 이 대
　　롱을, 이 대롱을 깊이 간수했다가 당신 고향에 집에 갈
　　라면(제보자 : 집이는 꼭 가라는 거지) 배를 타야 돼.
　　(〈세 대롱의 예언, 一黃白三一〉)


　위에서 보듯이 (가)의 〈황백삼(黃白三) 잡은 얘기〉에서도,
(나)의 〈세 대롱의 예언, -黃白三-〉에서도 세 번의 죽을 고비
가 언급된다. 3이라는 숫자가 설화에서 흔히 사용되는 것을
고려하면 설화의 이야기 전개로 자연스럽다고도 할 수 있다.
〈정수경전〉에서 주인공 정수경이 세 번의 죽을 고비를 넘긴

다는 점쟁이의 예언 역시 이러한 설화적 전개를 수용한 것이라 할 수 있겠다.

단 한성서관본 〈정수경전〉에서는 주막집 여인 살해 사건의 범인으로 누명을 썼다가 풀려나는 고비 하나가 추가되어 있는데, 이는 정수경이 두 번의 점을 보기 때문이다. 두 번째 점쟁이에게서 듣는 예언은 여타의 이본과 유사하다는 점에서 한성서관본이 가진 특이점이라고 보아야 할 것 같다.

3번의 죽을 고비라는 점에서 보면, 〈정수경전〉의 이본에 따른 차이는 별로 없어 보인다. 그런데 한성서관본에 들어가 있는 첫 번째 죽을 고비는 〈황백삼 잡은 얘기〉의 첫 번째 고비와 비슷한 상황이다.

(가) 가서 하룻밤을 자구 가자구 부르니께, 찾으니께 참 이쁘장한 각시 하나가 나와서,

"왠 사람이냐?"구.

"이래 저래서 가는 사람인디 날이 저물어 묵어 갈라구 들어 왔다구."

"그러냐구. 하여간 들어 오라."구.

그래 들어 가 보니께 바깥 주인은 없구 안 주인 혼자 사는디 하루 저녁 유해가래여.

그래 인저 저녁상을 들여 왔는디 저녁을 참 잘 해서 들여왔어. 잘 먹구 인자 안방에서 같이 있다가 갈 때가 돼가지구서니,

"아 저기 나 따루 잘 방 있지 않으냐?"

구 물으니께, 아 따루 잘 거 없다구 여기서 나하구 한디자두 괜찮다구. 우리 집 바깥에서는 한 번 나가면 며칠씩 있다 들어오니께 저녁에 들어오두 않고 설령 들어 온다 하드라두 조그마한 도령하구 이렇게 자는디 뭐 염려 말구서 자라구.

그런디 인저 그 사람이,

"아 그런대두 남녀가 유별인디 그럴 수가 있느냐."

구 자꾸 반항을 하니께,

"아 괜찮다니께 뭘 그러냐?"

…(중략)…

그래 남자는 밖에서 다 들었으니 뭐 그 되겠는 소린가. 다 알았다구. 그 들어가니께, 들어가 앉으면서 여자가 막 일변 엎어 섬긴단 말여. 그런디 얘는 가만히 생각하니께 큰일 났거든. 벌벌 떨구 떨구 앉았는디. 그 남자가,

"떨지 말라구." 이미 네 그 심리(心理)는 내가 다 알구 있으니께 떨지 말라구."

그래 인제 참 그 애매한 걸루 이제 못씌우구서. 그 마누라만 이제 참 혼구녁 나구서 그냥 거기서 하룻밤을 묵구서 갔단 말여.

그러니께 첫 번째 죽을 수는 맘만 잘 먹으면 된다니께. 거기서 걔가 맘 잘 먹어서 모면을 했거든.(〈황백삼(黃白三) 잡은 얘기〉)

(나) 날이 져믈거ᄂᆞᆯ 슉소(宿所)를 졍(定)ᄒᆞ고 보니 쥬인(主人)은 뉘 집 ᄃᆡ상(大祥)에 가고 계집(女)만 잇스되 아름다온 ᄐᆡ도로 셕반(夕飯)을 드리거ᄂᆞᆯ 슈경(壽景)이 밥을 먹은 후에 상을 물니고 인ᄒᆞ여 곤이 자니라 이ᄊᆡ에 엇써ᄒᆞᆫ 남ᄌᆞ(男子) 주막에 드러와 그 녀ᄌᆞ(女子)를 겁탈코져 ᄒᆞ니 그 녀ᄌᆞ 놀나 ᄂᆡ다라 방망이로 그 놈을 치며 ᄭᅮ지져 왈(日) 네로부터 츙신(忠臣)은 불ᄉᆞ이군(不事二君)이오 녈녀(烈女)ᄂᆞᆫ 불경이부(不更二夫)라 ᄒᆞ니 ᄂᆡ 아모리 상ᄒᆞᆫ(常漢)의 계집(女)인들 돈견(豚犬)의 힝실(行實)을 ᄒᆞ리오 ᄒᆞ고 무수 난타(亂打)ᄒᆞ니 그 놈(者)이 분ᄒᆞᆷ(汗憤)을 익이지 못ᄒᆞ여 칼를 쌔여 그(其) 계집(女)을 죽이고(殺) 다라나니라(한성서관본 〈정수경전〉)

(가)의 〈황백삼(黃白三) 잡은 얘기〉와 (나)의 한성서관본 〈정수경전〉의 주막집 사건을 비교해 보면, 둘 다 주막집 여인에서 비롯된 죽을 고비이지만, 〈황백삼(黃白三) 잡은 얘기〉에서는 살인 사건이 없고, 주막집 여인 때문에 누명을 쓸 뻔 한 상황이다. 이에 비해 〈정수경전〉에서는 주막집 여인이 살해를 당하고 이에 대한 범인으로 정수경이 몰려 죽을 위기를 맞는다. 한성서관본 〈정수경전〉에 이러한 사건이 하나 더 추가되어 있는 것은 활자본으로 〈정수경전〉을 발행하면서, 서사 전개를 좀더 다양하고 극적으로 만들고자 한 의도로 볼 수 있을 것이다. 그리고 주막이라는 공간을 배경으로 하여 사건을 추가함으로써 공간의 이동이나 상황으로 볼 때 개연성이 있는 이야기로 만들고 있다.

◈ 운명의 선택 : 극복 시도

〈정수경전〉에서 주인공 정수경은 자신에게 던져진 운명에 대해 집으로 돌아가 피하는 것으로 하지 않고 도액하는 방법을 알아 극복해 내는 것으로 선택하고 있다. 그래서 〈정수경전〉의 서사는 정수경이 과거 보러 가는 길을 계속하여 자신에게 닥친 세 번의 죽을 고비를 겪는 것으로 전개된다. 점쟁이가 제시한 도액 방법은 다음과 같다.

(가) 그(其) 판亽(判事) 왈(曰) 닉 도익법(禱厄法)을 거려 쥬리니 그대는 명심(銘心)ᄒ라 궤(櫃)를 여러(開) 빅지(白紙) 흔(一) 장(張)을 니여 놋코 누른(黃) 칙식(彩色)으로 대나무(竹木) ᄒ나를 거려(畵) 쥬며 왈(曰) 두 번 익(厄)도 흉참흔대 천만요힝(千萬要幸)으로 면(免)ᄒ려니와 셰(三) 번(番)직는 더욱 흉참ᄒ니 죽을 지경의 이르거던 이걸 닉여 노흐면 혹(或) 즈(者) 구(救)홀 사름이 잇슬 듯ᄒ나 그러나 진소위(眞所謂) 귀 막고 방울 흔드는 격이라(한성서관본 〈정수경전〉, 10-11쪽)

(나) 판쉬 이윽히 싱각다가 빅지 흔 중을 니여 누른 칙식으

로 딕 ᄒ나를 그려 쥬며 왈 그딕 지극히 간쳥ᄒ기로 이
거슬 그려 쥬거니와 쳣번 죽을 ᄯ난 살기를 도모ᄒ여도
도망키 어렵고 두 번치 죽을 슈난 더옥 급박ᄒ거니와
쳔만요힝으로 ᄉ러나셔 셰 번치 죽을 지경의 이 그린
딕를 ᄂ여 노면 혹 구할 ᄉ람이 잇슬가 ᄒ거니와 진쇼
위귀를 막고 방울을 도젹함 갓튼지라 엇지 밋드리요
(〈한글박물관본 〈정수정전〉, 7장)


(다) 도ᄉ ᄯ한 눈물을 먹음고 안싴이 쳐충ᄒ며 이윽히 안져
ᄉ양터니 빅지 한 중을 ᄂ여노코 눌은 치싴물노 소ᅌᅳ강
변의 눌은 딕 한 가지을 그려쥬 왈,
"그딕 지극히 이걸ᄒ난 졍숭이 가긍ᄒ기로 그 슬푸물
인ᄒ여 쥬나니, 쳣번 죽을 익은 더욱 망극ᄒ고, 요힝으
로 두 번 죽을 익을 면ᄒ여 세 번지 죽을 딕을 당ᄒ거
든, 이 딕을 ᄂ여 노으면 혹시 알고 구할 ᄉ람이 잇실가
ᄒ되, 신수불길ᄒ여 졍이 장길치 못ᄒ니 웃지 슬기을
도모하리오?"(〈정두경전〉, 344쪽)


(가), (나), (다)의 도액 방법을 함께 본 것은 〈정수경전〉
의 이본에 따라 서술의 차이가 있는지 보고자 한 것이다. 위

에서 보듯이 (가), (나), (다) 모두 정수경이 겪을 세 번째 액에 대한 처방으로 점쟁이가 백지 한 장에 누런 대나무를 그려주고 있다. (가)에서 점쟁이는 두 번의 액은 흉참하지만 천만다행으로 면할 것이라고 하며, 그렇지만 세 번째는 더욱 흉참하다 한다. (나)에서 점쟁이는 첫 번째 죽을 액은 도망하기 어렵다 하고, 두 번째 죽을 수는 더욱 급박하고, 그렇지만 다행히 살아나서 세 번째 죽을 지경을 당하면 그림을 내어놓으라 한다.

〈정수경전〉에서 점쟁이가 제시한 도액 방법이 설화와 다른 것은 두 번의 죽을 고비에 대해서는 특별한 도액 방법을 말하지 않으면서 세 번째에 대해서만 종이에 그림을 그려주어 대비책이 되도록 한 것이다. 〈황백삼(黃白三) 잡은 얘기〉와 〈세 대롱의 예언, -黃白三-〉에서는 세 번의 죽을 고비에 대해 그때마다 어떻게 해야 할지를 점쟁이가 말을 해주고 있다.

〈황백삼(黃白三) 잡은 얘기〉에서는 점쟁이가 첫 번째 죽을 수는 마음만 잘 먹으면 살고, 두 번째 죽을 수는 돈이 있으면 살고, 세 번째 죽을 수는 도무지 모면할 수가 없다고 한다. 그래서 주인공이 간곡하게 애원하니 점을 치고 또 치고 하여 종이조각에 뭘 적어 주면서 중간에 펴보지 말라고 한다.

고전소설과 운명 이야기

〈세 대롱의 예언, 一黃白三一〉에서 점쟁이가 준 도액 방법은 대롱 세 개에 담겨 있었다. 첫 번째 대롱은 파란색으로 '암하(巖下)에 주불계(舟不繫)'가 쓰여 있었고, 두 번째 대롱은 노란색으로 '두상(頭上)에 유불세(油不洗)', 세 번째 대롱은 빨간색으로 그 안에 노란 종이에 흰 백자 세 개가 있었다.

이렇게 주인공이 겪을 죽을 운수를 이겨낼 방법은 〈정수경전〉의 이본별로 약간의 차이가 있고, 설화에 따라서도 차이가 있지만, 이들 이야기에서 공통점은 주인공이 모든 죽을 수를 결국은 이겨낸다는 것이다. 이는 주인공에게 예정되어 있던 운명이 예언으로 알려지면서, 주인공이 그 운명을 바꿀 방법을 모색하고 실천하여 마침내 운명이 바뀌게 된다. 이들 주인공이 자신에게 예정되어 있는 나쁜 운명을 좋은 운명으로 바꿀 수 있었던 것은 나쁜 운명을 예언을 통해 알고, 나쁜 운명을 바꿀 수 있는 방법을 찾아, 그 방법을 실천하였기 때문이다.

한성서관본 〈정수경전〉에서 정수경에게 닥친 나쁜 운수는 네 번의 죽을 운이었는데, 이 네 번의 죽을 운수가 점쟁이가 알려 준 대로 닥쳤으며, 정수경은 점쟁이가 알려 준 도액 방법을 실천한다. 그래서 〈정수경전〉을 통해 알 수 있는 운명을 바꿀 수 있는 방법을 과정으로 정리하면, 첫 번째는 운명에 대해 알아야 하고, 두 번째는 운명을 바꿀 방법을 알아야 하며, 세 번째는 운명을 바꿀 방법을 제대로 성실하게 실천해야 한다는 것이다.

정수경은 보쌈을 당하여 죽을 뻔하였다가 여인이 준 금으로 살아나고, 혼인 첫날 밤에 들어온 강도의 칼에 죽을 뻔하였다가 병풍 뒤에 숨어 살게 되었지만, 신부를 죽인 살인범으로 몰려 죽을 상황에 이르렀을 때 점쟁이가 준 종이를 해석하여 살게 된다. 이렇게 세 번의 죽을 고비를 넘겨서 마침내 살게 되고 과거 급제를 하는 것은 연명 설화와 관련되기도 한다. 연명 설화와 관련되는 것이든 과거 보러 가는 설화와 관련되는 것이든 〈정수경전〉에 수용된 운명 이야기는 결국 정수경이라는 인물이 성공하고 행복해지는 결말에 이르는 과정으로 작용한다.

정수경이라는 인물이 서사 전개 속에서 겪는 죽을 위기와 고난은 결국 정수경의 입신양명과 좋은 가문의 지혜로운 여인을 만나 혼인하는 결말로 이어지는 것이다. 이는 자신의 운명에 대해 미리 알고, 나쁜 운명에 대해 대처하는 방법을 알아 충실히 실천함으로써 이룬 성공이자, 예언의 성취라고도 할 수 있다.

〈정수경전〉의 서사를 따라가다 보면, 정수경이라는 인물

고전소설과 운명 이야기

이 운명에 대해 매우 순응적이라는 인상을 가질 수도 있다. 그렇지만, 작품의 서사 진행 이면을 면밀히 생각해 보면, 정수경은 자신의 운명을 미리 아는 데에 관심이 많을 뿐만 아니라 열심이었으며, 예정된 나쁜 운명을 피하지 않고 맞서서 적극적으로 대응하고 있다.

예를 들어, 정수경은 자신이 시작한 과거 보러 가는 길에서 죽을 운이 기다리고 있다고 하는데도 길을 돌이키지 않는다. 그리고 한성서관본 〈정수경전〉의 주막집 여인 살인 사건처럼, 본격적인 세 번의 액운이 시작되기도 전에 이미 죽을 고비를 넘겼으면서도 과거 보는 것을 포기하지 않고 계속 나아간다. 또한 세 번의 액을 겪는 과정에서 처음, 두 번째 죽을 고비를 통해 운명에 대응하는 것이 얼마나 힘든지 알았을 텐데도 그 길을 포기하지 않는다. 이렇게 정수경이 자신에게 닥친 나쁜 운명을 겪고, 앞으로 더 무섭고 이겨내기 어려운 죽을 고비가 닥칠 줄을 알면서도 가던 길을 계속 가는 의지와 실천력을 보이고 있다.

이에 대해 이미 점쟁이의 예언을 통해서 매우 힘든 위기가 자신에게 올 것을 알았기 때문에 잘 견딜 수 있었지 않았겠느냐 하는 것은 너무 단순한 분석이다. 주막집 사건, 처음, 두 번째 위기를 겪는 과정에서 정수경이 실제로 느꼈을 괴로

움은 지극히 컸을 것이고, 각 사건을 겪을 때마다 다음에 겪을 위기와 고통을 생각할 때 아직 오지 않은 고통에 대한 두려움으로 더욱 힘들었을 것이다. 그럼에도 정수경은 중도에 길을 포기하거나 집으로 돌아갈 생각을 하지 않는다.

설화와 〈정수경전〉을 비교해 볼 때 운명 이야기의 전개가 다른 것은 세 번의 죽을 운수에서 첫 번째와 두 번째 도액 방법에 대한 내용이다. 설화에서는 첫 번째, 두 번째, 세 번째의 죽을 위기 각각에 대해 점쟁이가 상세한 대처 방법을 알려 준다. 이에 비해 〈정수경전〉에서는 첫 번째, 두 번째 액에 대해서는 대체로 흉참하지만 천만요행으로 넘어갈 수 있다고 하고, 세 번째 죽을 위기는 특히 더 흉참하다고 하면서 종이에 비법을 써주는 것으로 나온다.

이러한 설화와 〈정수경전〉의 차이는 운명 이야기가 소설로 수용되면서 소설 속 주인공이 겪는 다양한 서사 중 하나로 자리 잡은 결과라 할 수 있다. 설화는 각 죽을 고비에서 어떻게 대처하여 나가는가 하는 방법에 초점을 두고 서사가 진행된 것이라면 〈정수경전〉에서는 주인공 정수경이 전체 서사 속에서 어떤 사건을 어떻게 겪어 나가는가에 초점을 두고 있기에 생긴 차이로 보인다.

〈정수경전〉에서 정수경이 겪은 세 번의 죽을 위기는 정수

고전소설과 운명 이야기

경이 태어나고, 성장하고, 과거 급제하여 혼인하고, 최종적으로 행복한 결말에 이르는 과정에서 고난 극복으로 기능하고 있다. 이는 정수경이 선택한 운명이며, 〈정수경전〉의 전체 서사에서 주인공이 고난을 극복해 내고 성취하는 과정에 해당한다. 소설의 주인공인 정수경은 자신에게 주어진 숙명에 대면하고서도 피하지 않고 꿋꿋이 선택한 길을 가고, 마침내 모든 위기를 극복해 내는 것이다.

> (가) 참판니 잇튿날 션산의 ᄒ직ᄒ고 모친을 모시고 감영의
>    이르러 션화당에 도임ᄒ고 인의덕화로 슈령의 션악과
>    빅셩의 원억을 발키 다스리니 거리거리 션졍비를 셰워
>    숑덕ᄒ더라 도임흔 지 불과 슈월의 나라의셔 이죠판셔
>    로 부르시거날 감시 즉시 모친을 모시고 경셩의 올너가
>    탑젼의 빅알ᄒᄃᆡ 샹이 판셔의 손을 잡으시고 슈월 보지
>    못흔 졍회를 말슴ᄒ시고 쟝안 갑졔를 즁ᄒ여 ᄾ급ᄒ시
>    거날 …(중략)… 샹이 만죠빅관을 모와 국ᄉ를 의논ᄒ
>    실시 뎡 판셔를 불너 가라ᄉᄃᆡ 죠졍 일을 무론 ᄃᆡ쇼ᄒ
>    고 경의게 맛기난니 경은 착흔 도와 고든 말노 과인을
>    가리쳐 도으라 ᄒ시니 판셔의 명망이 국왕의 빅길너라
>    이러구러 셰월이 여류ᄒ여 삼남 일녀를 두엇시되 모다

부모의 풍도를 달머 쇼년 등과ᄒ여 명망이 죠졍의 가득
ᄒ고 권셰 일국의 졔일일너라(한글박물관본 〈졍수졍
젼〉, 42-43장)


(나) 참판(參判)이 명일(名日) 졔물(祭物)을 갓초고 군악(軍樂)을
갓초ᄋ(備) 션영(先靈)에 나ᄋ가 셩묘(省墓)ᄒ니 산쳔쵸목
(山川草木)이 싀로히 반기ᄂ 듯ᄒ며 션조(先祖) 고혼도 감
동ᄒ야 그리는 바 갓더라 참판(參判)이 션영(先靈)에 녜를
모시고 경ᄉ(京師)로 올ᄂ와 가튁를 졉ᄒ니 ᄂ지면 옥궐
(玉闕)에 조회ᄒ시고 국ᄉ를 도우고 밤(夜)이면 집에 도라
와(歸) 봉양키를 효(孝)로 ᄒ고 리부(李府)에 ᄌ로 ᄂᄋ가
반ᄌ지례(半子之禮)를 다ᄒ고 소져(小姐)로 ᄒ여곰 죵사
(終死)토록 셰월(歲月)을 보닐식 이ᄌ(二子) 일녀(一女)를
두엇스니 남풍녀모(男風女貌) 빈빈ᄒ여 ᄌ손(子孫)이 계계
승승ᄒ더라 ᄒ 신긔(神奇)ᄒ기로 딕강 긔록ᄒ노라(한셩
셔관본 〈졍수경젼〉, 49장)


(다) 부인니 더욱 깃부믈 이긔지 못ᄒᆯ너라. 소져 친졍지녜을
맛친 후 판셔의 젼후 활난 격근 말솜을 엿ᄌ오니, 더옥 니
소져의 손을 잡고 못닉 층춘 치ᄒᄉ 비회 교집ᄒ시더라.

일어굴어 슈슘속을 지나 슈유 흐졍이 당흐민, 셩숭이
고딕흐시고 니승슝이 죽 기다리시는 마음을 싱각흐고
그 고즐 흐즉흐고 모부인과 니소져을 뫼시고 경셩의 올
나와, 경졔 수계 졍돈흐고 니공긔 뵈압고 궐늬의 들어가
복명 복지흐되, 샹이 반기수 츙춘 불의흐시더라. 쏘 니
소져로 동낙흐니 슘즈녀을 싱흐니 다 부귀공명흐여
만슈무강흐더라.(〈정두경전〉, 440-442쪽)

위에서 보듯이 정수경의 고난 극복 결과는 자신의 부귀영화
뿐만 아니라 홀어머니께 그 영광을 안겨 주는 것이다. 이는 자
식의 부귀영달이 부모의 것이기도 하다는 효 의식과 관련되는
것으로 보인다. 〈정수경전〉에서 보여 주는 정수경의 인생은 세
상을 살아가는 사람들이면 누구나 선망할 것이다. 자신의 의지
로 과거 보는 것을 선택했으면서, 자신의 앞에 있었던 모든 난
관을 극복하고, 마침내 과거에 장원급제했을 뿐만 아니라 현명
하고 아름다운 여인을 아내로 맞이하면서 좋은 가문과 결연함
으로써 자신의 지위가 상승한 결과를 얻게 된다. 정수경이라는
인물은 죽을 위기를 맞을 것이라는 예언을 듣고서도 그것을 피
해 가던 길을 돌이키는 것이 아니라 자신의 의지로 운명을 바꾸
어 마침내 원하는 바를 성취한 것이다.

◆ 운명적 만남 : 세 번의 결연

〈정수경전〉에서 정수경은 과거를 보아 입신양명하고, 고
향에 있는 모친에게 돌아가 황제의 명에 따라 혼인한 아내와
함께 인사함으로써 자신이 선택한 운명적 모험이 성공하였
음을 인정받게 된다. 그리고 정수경이 겪어낸 운명적 모험은
예언에서 시작된다. 그래서 〈정수경전〉에서 정수경이 세 번
의 죽을 위기 중에 과거 급제도 하고 자신의 목숨을 구한 것
은 예언의 성취에 해당한다. 점쟁이의 예언에 정수경의 과거
급제와 세 번 죽을 위기가 나왔기 때문이다.

그런데 점쟁이의 예언에는 언급되지 않았지만, 〈정수경
전〉에서 운명이라 할 만한 것이 여인과의 만남과 결연이다.
흥미롭게도 정수경이 겪는 세 번의 죽을 위기는 모두 여인과
관련되고, 그 과정에서 정수경은 두 여인과 세 번의 결연을
한다. 정수경에게 닥친 첫 번째 죽을 위기는 재상가 여인의
상부살을 막기 위한 액땜용 신랑으로 보쌈 된 것이었다. 역
설적인 것은 정수경이 겪는 죽을 위기가 상대 여인에게는 행
복한 삶을 위한 것이라는 점이다.

흔 다리의 이르러 건장흔 즁놈(衆者) 슈십인(數十人)이 부

지불각(不知不刻)의 다라드러 일변 스지(四肢)를 동이고 일변 입(口)을 막으며(防) 교즈(驕子)의 담아 풍우(風雨) 갓치 모라다가 닉려 놋키늘 수경(壽景)이 겨우 정신(精神)을 진정(鎭定)ᄒ여 사면(四面)을 둘너보니 한(一) 초당(草堂) 압(前)히여늘 심중(心中)의 싱각ᄒ되 고이ᄒ고 고이ᄒ나 니 일이 어연 일고 ᄒ더니 그 놈들이 초당(草堂)을 가라치며 이리 드러오라 ᄒ거늘 수경이 경(驚) 문(問) 왈(日) 닉 이 집을 보니 지상가(宰相家) 규중(閨中)이라 닉 이 딕(此宅)과 친척지분(親戚之分)이 업거늘 나를 드러오라 ᄒ믄 무솜 일고 그 놈드리 쥬먹을 견쥬어 왈(日) 네(汝) 스싱(死生)이 목젼(目前)에 잇거늘 무솜 말인고 하거늘…(중략)…소져(小姐) 대(對) 왈(日) 이 집은 딕딕(代代) 명문거죡(名門巨族)으로 금셰(今時) 승상(丞相)의 녀즈(女子)러니 명(命)이 긔박(奇薄)ᄒ여 흔낫 증거 업고 부모(父母)의 혈육(血肉)은 쳡(妾)의 일신(一身)뿐이라 부모(父母) 근히 사랑ᄒ사 쳡의 평싱 길흉을 뭇는 딕마다 신수(身數) 불길ᄒ여 초년상부(初年喪夫) ᄒ리라 ᄒ믹 부모(父母) 도리를 가라치라 흔즉 부득(不得) 셩비친(成非親) 남즈(男子)을 다려다가 여ᄎ여ᄎ(如此如此) ᄒ라 ᄒ거늘 쳡(妾)의 부모(父母) 금일 힝(行)ᄒ신 날이라 수지(秀才) 불힝(不幸)이 줍혀 오시믹 쳡(妾)의 도익(禱厄)은 아니오 남(他)

의 적익(積厄)이니(한성서관본 〈정수경전〉, 11-13쪽)

정수경이 보쌈을 당하는 상황은 다리 주변에서 건장한 남자들 수십 명에게 붙잡힌 것이었다. 붙잡혀 간 장소는 어느 재상가의 규중이었다. 그래서 정수경은 더 의아해 한다. 아무 친분도 없는 집에 재상가 규중에 들어가라 하니 무슨 일이냐고 묻지만, 돌아오는 대답은 생사가 눈앞에 있으니 아무 말 말고 따르라는 것이다. 이는 정수경에게 닥친 급박한 위기를 알려 주는 서술이다. 시키는 대로 하지 않으면 죽게 된 상황임을 말해 준다.

정수경이 방안에 들어가 규방 소저에게 들은 이야기는 자신의 운명이 기박하여 다른 혈육이 없는데, 평생 길흉을 묻는 데마다 신수가 불길하여 젊어서 남편이 죽을 것이라 하니 그것에 대한 방비로 이러한 방법을 쓰게 되었다는 것이다. 그러면서 이 여인은 오히려 정수경을 안타까워하며 자신의 액을 막는 것이 아니라 다른 사람의 액을 쌓는 것이라고 말한다.

규중 여인이 정수경에게 하는 말에서 집안에서 자신의 액막이로 보쌈을 하긴 하였으나 스스로 죄의식을 갖고 있음을 알 수 있다. 이 부분이 중요한 것은 비록 보쌈으로 인해 정수경이 죽을 상황에서 만난 여인이지만 형식적으로는 혼인을 한 것이기 때문이다. 정수경의 첫 번째 죽을 위기는 이 여인과의 형식적-비공식적, 은밀한- 혼인에서 비롯된 것이다. 액막이를 위해 보쌈 된 남성의 운명은 여인과 연을 맺자마자 죽는 것이다. 그러면서 자신의 죽음을 스스로 슬퍼하여 지은 영결시가 후일 이 여인과 다시 혼인하여 만난 상황에서 서로가 이미 결연한 사이라는 것을 확인하는 증표가 된다.

오늘늘 나 죽는 날이나 벽상(壁上)의 표(表)ᄒ리라 ᄒ고 지필을 청(請)ᄒ여 영결시(永訣詩)를 지여 부치고 양안 옥누(玉淚) 옷깃을 젹시더라 그 글(書)에 왈(曰) 가련(可憐)ᄒ고 슬푸(悲)도다 이팔청춘(二八靑春) 소년(少年)으로 정수경(鄭壽景)이 황천긱(黃泉客)이 무슴 일고 텬황씨(天皇氏) 이후(以後)로 이런 팔즈(八字) 또 잇는가 삼춘(三春) 화류(花柳) 소년(少年)드라 이 늬 흔 몸 살녀늬소 인간(人間) 칠십(七十)이라는듸 셥육(十六)이 겨우 되여 죽는 말이 웬말인고 불상ᄒ고 가련ᄒ다 이늬 신셰(身勢) 싱각(生覺)ᄒ니 초당(草堂) 삼경(三更) 침(沈)침 야(夜)에 나 죽는 줄 그 뉘 알니 엄동셜한(嚴冬雪寒) 지는 곳(花)치 삼월(三月) 춘풍(春風) 당(當)ᄒ여셔 봉울 봉울 부리믹쳐 춘풍(春風) 호졉(蝴蝶) 만나더니 는 딕업는 불이 부터 꼿봉오리의부터 타는 이 닉 몸도 츌싱(出生) 후(後)에 이팔쳥츈(二八靑春) 되여스니 시셔(詩書) 논밍(論孟) 닐거닉여 입신(立身)양명 ᄒᆞᄌᆞ더니 죠물(物)이 시기ᄒᆞ여 함졍에 드단말가 밥이 업셔 죽을손가 옷이 업셔 죽을손가 죄(罪)가 잇셔 죽을소냐 병(病)이 드러 죽을소냐 밥도 잇고 옷도 잇고 죄(罪)도 업고 병(病)도 업고(無) 어이ᄒᆞ야 이 닉 몸이 경각 닉로 죽는고 날(我) 죽여(死) 네(汝)가 사니(生) 두리 살명 엇더ᄒᆞ고 져게 가는 져 마부(馬夫)야 그(其) 말(馬) 잠간 빌니여라 이 닉 혼빅(魂魄) 시러다가 우리 모친 압(前)혜 노면 슬피 울고 잠간 뵈고 십왕젼게 가기노라 동(東)녁 산(山)은 울울ᄒᆞ고 한강수(漢江水)는 츙츙ᄒᆞ다 상(山)은 울울ᄒᆞ고 물(水)은 츙츙 가는 길이 험ᄒᆞ도다 바람 불고 비 오는 밤(夜)의 이 혼빅(此魂魄)이 어이 갈고 우리 모친(母親) 혼자 안즈 싱각ᄒᆞ는 거동(擧動) 보소 보고지고 보고지고 우리 아들(兒子) 보고지고 잘 갓나냐 못 갓나냐 소식(消息)조츠 돈졀(頓絕)ᄒᆞ다 늘근(老) 어미(母) 혼자 두고 어이 오리 아니 오노 오날 올가 닉일 올가 놉흔 상셩(山城) 올나가셔 한양(漢陽)이 어딕멘고 구름도 희미ᄒᆞ다 오는 힝인(行人) 가는 힝인 바라본다 일락 셔산(西山) 황혼(黃昏) 되니 한숨 짓고 도라와셔 젼역(夕)이면 등화(燈火) 보고 식벽이면 짜치 운다 둘(月)

고전소설과 운명 이야기

붉고(明) 셔리 찬(寒) 밤(夜)의 외기러기 울고 가니 한거름이

닌다라셔 사창 밧게 올노 셔셔 울고 가는 져 기럭(鴈)아 우

리 아들(兒子) 소식(消息) 젼홀소냐 잘 가더냐 못 가더냐 어

느 쩌에 오마드냐 져 기럭이 무졍(無情)ᄒ여 다만 울고 거쥬

즁텬(中天) 놉히 쩌셔 창망흔 구름 속에 우는 소리쑨이로다

뭇든 말이 허사 되여 눈물(淚水) 씻고 도라오네 우리 모자(母

子) 니별(離別)홀 졔 우리 모친(母親)은 의문망이 몃 번인고

이러타시 싱각이 간절ᄒ니 잠시 니별(離別) 이러홀 졔 싱이

ᄉ별(生離死別) 엇더홀고 쳔금(千金)을 되신(代身)ᄒ며 만금

(萬金)을 되힝(代行)ᄒ랴 모친(母親) 그림을 싱각ᄉ로 망극

(罔極)ᄒ다 이 닌 흔 몸 죽어지면 어나 뉘가 봉양ᄒ며 닌 동

졍 모르시고 간장을 살우신들 뉘라셔 젼히쥬리 닌 일을 싱각

ᄒ니 부졍모혈 타고나셔 닙신양명(立身揚名)ᄒ여 이현 부모

(父母) 못ᄒ고셔 샹명지통(傷命之痛)을 씻치오니 막매(莫大)

흔 불효(不孝)를 어대다 비홀소냐 쓰기를 다ᄒ믹(한성서관본

〈졍수경젼〉, 14-17쪽)


　상당히 길어서 일부만 인용할 수도 있었겠지만 영결시에

해당하는 부분 전체를 인용한 것은 정수경의 심정이 어떻게,

얼마나 표현되었는지 살펴보기 위해서이다. 이 영결시에서

가장 먼저 그리고 반복해서 강조하고 있는 것은 이팔청춘 소년으로 죽게 되었다는 슬픔이다. 이어서 자신이 무슨 죄가 있다고, 몸도 건강하고 갖출 것 갖춘 사람인데 함정이 들어 죽게 만드는지 원망하는 마음을 토로한다. "나를 죽여 네가 사니 우리 둘이 살면 어떠한가"하는 데에서 자신의 의지와 상관없이 다른 사람 때문에 죽게 된 목숨을 살려 줄 수 없는지 매달리는 심정을 볼 수 있다. 그리고 자신을 매일같이 기다리고 있을 모친을 생각하며 그 모친에게 인사도 못하고 소식도 못 전하고 이별하는 상황을 슬퍼한다. 자신이 죽고 나면 어느 누가 봉양할지, 정수경의 사정도 모르시고 마음 졸이며 간절히 기다리실 모친에 대한 불효에 비통해 한다.

  이토록 절절하게 자신의 심정을 영결시로 표현한 정수경은 눈물을 흘리고, 이를 보는 여인은 함께 슬퍼한다. 그리고 여인은 정수경을 떠나보내면서 은자 석 되를 내어주고, 정수경은 이를 필요 없다고 거절하지만 죽을지라도 재물이 필요하다며 여인이 챙겨 준다.


    소져(小姐) 옥합(玉函)을 열고 은즈(銀子) 석 되 내여 주며
    왈(曰) 텬(天)하(下) 만스(萬事) 듀 직물(財物)이 잇스면 죠
    흘 도리 잇스니 수지(秀才)는 이 은즈(銀子)를 가지고 가소


고전소설과 운명 이야기

셔 ᄒᆞ니 수경(壽景)이 눈물(淚水)을 거두고 왈(曰) 경ᄉᆞᆨ 간의
죽을 사ᄅᆞᆷ이 ᄌᆡ물ᄒᆞ여 무엇 ᄒᆞ리잇고 쇼져(小姐) 왈(曰) 아
무리 죽을지라도 ᄌᆡ물(財物)을 쓸대 잇ᄂᆞ니 녯 말(古言)의 닐
너스되 길가의 죽은 사ᄅᆞᆷ이라도 그 몸에 ᄌᆡ물(財物)이 잇스
면 뭇더 주고 가ᄂᆞᆫ 일이 잇다 ᄒᆞ얏스니 원(願)컨대 가져 가소
셔 ᄒᆞ거늘 수경(壽景) 왈(曰) 죽ᄂᆞᆫ 사ᄅᆞᆷ이 쓸 곳 업ᄂᆞ니 굿하
여 권(勸)치 마르소셔 ᄒᆞ니 쇼져(小姐) 홀일업셔 능나보(綾羅
褓)를 내여 은ᄌᆞ(銀子)를 싸 수경(壽景)의 허리에 둘너믜고
수경(壽景)을 ᄌᆡ삼(再三) 보고 은근(慇懃)ᄒᆞᆫ 정(情)을 이긔지
못ᄒᆞ여 목이 메여 울며 왈(曰) 슈ᄌᆡ(秀才) 쳡(妾)으로 더부러
동침ᄒᆞ오미 업싸오ᄂᆞ 하늘이 도으사 군ᄌᆡ(君子) 다시 사라ᄂᆞ
셔 상봉(相逢)ᄒᆞ면 금일지ᄉᆞ(今日之事)를 녯말 삼고 종신(終
身)토록 셤기려니와 만일(萬一) 슈ᄌᆡ(秀才) 도라가시면 쳡(妾)
은 결단코 규즁에셔 늙으리니(老) 황쳔(黃泉)의 가 만날지라도
괄셰ᄂᆞ 마르쇼셔 ᄒᆞ니(한성서관본 〈정수경전〉, 17-18쪽)

여기서 소저가 정수경에게 은자를 싸주며 '은근한 정'
을 이기지 못한다는 서술이 주목된다. 정수경과 이 소저는
동침도 없이 하룻밤을 지냈다는 것뿐이지만 정수경이 지은
영결시를 나누고 은자를 전하고 하면서 못다한 정을 슬퍼한

다. 그리고 여기서 나아가 이 소저는 스스로 정절을 지킬 것을 약속하고 있다. 정수경이 이제는 죽게 된 상황이라는 것을 누구보다도 아는 이 소저가 혹시라도 정수경이 살게 되어 상봉하면 종신토록 섬길 것이라 하고, 혹여 정수경이 죽는다면 '결단코' 규중에서 늙겠다고 매우 확고하게 다짐하고 있는 것이다.

이 영결시는 후일 이 소저가 정수경과 혼례 후 서로 이미 만났던 사이이며 도액의 방법이 되었다는 것을 확인하는 장면에 다시 나온다.

몸을 도로혀 벽상(壁上)을 살펴보니 즈긔(自己) 당초(當初)에 불측지변(不測之變)을 밧ᄂᆞ슬 찍(時)에 영결셔(永訣書)가 잇거늘 마음에 비창(悲)ᄒᆞ야 자연 눈물(淚水)을 금치 못ᄒᆞᄂᆞ지라 소져(小姐) 그 거동(舉動)을 보고 측연 탄식(歎息) 왈(曰) 군ᄌᆞ(君子) 신인(新人)을 ᄃᆡᄒᆞ야 비회(悲懷)를 금치 못ᄒᆞ야 낙루(落淚)ᄒᆞ시니 아지 못게이다 엇지 여ᄎᆞ 비감ᄒᆞ야 ᄒᆞ시ᄂᆞ니잇고 참판(參判)이 ᄃᆡ(對) 왈(曰) 벽상(壁上)에 붓친 글(書)을 보니 즈연(自然) 심ᄉᆞ(心思) ᄎᆞ수란(此愁亂)홈을 마지 못ᄒᆞ야 ᄒᆞ나이다 쇼져(小姐) 흔연 ᄃᆡ 왈(曰) 낭군(郎君)이 아무리 슬픈 일이 잇다 흔들 ᄃᆡ장부(大丈夫) 엇지 이러타시 낙누(落淚)ᄒ야 아녀ᄌ(兒女子)의 녹녹(碌碌)ᄒᆫ 틱도(態度)로 ᄒ시나니잇고 이ᄂᆫ 만만 불가(不可)ᄒ도소이다 참판(參判)이 딕(對) 왈(曰) 싱(生)도 이왕(已往) 위경(危境)을 지닉엿기로 심ᄉ(心思) ᄌ못 불평(不平)ᄒ거니와 ᄋ지 못게이다 쇼져(小姐)ᄂᆫ 이(此) 글(書)을 어딕셔 어더다가 벽상(壁上)에 붓쳣스니 이ᄂᆫ 그 ᄯᅳᆺ(志)을 알고ᄌ ᄒᄂ이다 쇼져(小姐) 답(對) 왈(曰) 셰상(世上) ᄉ름이 다 외오기로 어더 붓쳣거니와 군ᄌ(君子) 엇지 이(此) 글(書) ᄯᅳᆺ(志)을 유심(有心)ᄒ야 보시ᄂ니잇가 춤판(參判)이 하 신긔히 여기ᄂᆫ 즁 부인이 ᄯᅩᄒᆫ 이상히 녁이민 이에 젼후(前後) ᄉ연을 ᄌ셔이 셜파흔대 쇼져(小姐) 쳥파에 대경실ᄉᆨ(大驚失色)ᄒ야 왈(曰) 연즉 그(其) ᄯᅵ(時) 낭자(娘子)와 리별(離別)홀 제 무엇슬 쥬더니잇가 춤판(參判) 왈(曰) 은ᄌ(銀子) 삼승(三升)을 쥬기로 그것을 가지고 여ᄎ여ᄎ(如此如此)ᄒ야 인졍(人情)을 표(表)홈을 삼으민 죽기를 면(免)ᄒ엿나이다 소져(小姐) 쳥파(聽罷)에 딕경딕희(大驚大喜)ᄒ야 이에 참판(參判)의 손을 잡고 낙누 왈(曰) 군ᄌ(君子) 죽을 슈를 다 지닉셧스니 너무 과도히 스러 말으시옵소셔 오늘날 이에 모도 일 줄을 엇지 ᄯᅳᆺᄒ엿스리잇고 이ᄂᆫ 텬우신조(天佑神助)홈이라(한성서관본 〈정수경전〉, 44-46쪽)

위에서 보듯이 정수경이 세 번째 혼례를 올리고 벽 위에 붙어 있는 자신의 영결시를 보고 비감에 젖었다가 그 글의 출처와 그간 있었던 일을 이야기하다가 서로의 정체를 비로소 확인하게 된다. 정수경이 자신이 쓴 영결서의 출처를 묻자 처음에 소저는 세상 사람들이 다 외우는 것이라 얻어 붙였다고 한다. 그렇지만, 정수경이 자신에게 있었던 일들을 모두 이야기하자, 소저가 그때에야 정수경이 얻었던 은자의 수를 묻고 확인한다. 그리고 나서야 비로소 소저는 정수경이 자신의 도액을 위해 보쌈 당해 왔던 사람인 줄을 알고 놀라기도 하고 기뻐하며 소회를 나누게 된다.

이러한 맥락에서 영결시를 쓰고 서로 안타까워하며 감정을 나누는 장면은 정수경과 이 여인의 운명적 만남이자 결연을 보여준다 할 수 있다. 게다가 정수경이 세 번째의 죽을 위기를 넘기는 데 이 여인이 큰 역할을 하고, 마침내 서로 혼인을 하게 된다는 점에서 보면 정수경과 소저는 도저히 끊을 수 없는 운명적 인연이라 할 만하다. 그야말로 죽음도 뛰어넘은 인연인 것이다. 우리 초기 소설에서 죽은 뒤 영혼으로 돌아오거나 귀신이 되어 못 다한 인연을 완성하는 양상과 비교해 보면, 〈정수경전〉은 매우 현실적으로 운명적 결연이 그려지고 있다 할 수 있다.

고전소설과 운명 이야기

한편 한성서관본 〈정수경전〉에서는 정수경이 네 번의 죽을 위기를 겪는데, 다른 이본에는 없는 첫 번째 죽을 위기역시 여인으로 인한 것이다. 그렇지만 첫 번째 위기에서는 결연이 없다. 단지 주막집 여인을 죽였다는 누명을 쓰고 범인으로 몰려 죽을 위기에 처한다. 이러한 정수경과 여인들의만남을 중심으로 놓고 보면, 주막집 여인과의 일은 결연도아닐 뿐더러, 정수경이 세 번의 죽을 위기에서 두 번째, 세번째 위기와 유사하여 부가적으로 더해진 서사로 보인다. 여인의 살해 사건이 일어났다는 것과 그 살인범으로 정수경이누명을 썼다는 것, 그리고 현명한 여인의 해석을 통해 누명을 벗는다는 점에서 주막집 여인 살해 사건과 이어진 세 번의 액에서 두 번째, 세 번째 사건이 유사하다.

이렇게 정수경이 겪는 첫 번째 죽을 위기와 이어진 세 번의 위기 중 두 번째, 세 번째 위기의 유사점으로 보면 비슷한 사건이 반복 서술된 것이라 할 수 있다. 그리고 정수경이두 번의 점을 보는 것으로 서사가 진행되는데다가 주막집 여인 살해 사건은 그 자체로 독립적인 삽화로 자리를 잡고 있어 서사적 유기성이 떨어진다고도 볼 수 있다. 그렇지만, 또다른 한편으로 보면, 한성서관본 〈정수경전〉을 쓴 작가가우여곡절을 추가하여 정수경의 운명을 더욱 극적으로 만들고자 한 것으로 볼 수도 있다.

이렇게 정수경과 여인과의 만남을 운명 이야기 측면에서 살펴볼 수 있다. 사람의 인생에서 결혼은 통과의례로서 성장한 남녀가 거쳐야 할 의식 중 하나이다. 그러면서 혼인이 지닌 사회 윤리적 의미를 생각해 보면, 함부로 돌이킬 수 없는 운명과 같은 것이기도 하다. 그런데 정수경은 혼인 예식을 세 번이나 올리게 되는데, 그 중 두 번은 동일한 여인과 혼례를 치른 것이다. 이는 남녀가 서로 만나는 것이 우연처럼 보이는 것이지만, 지나고 보면 운명적 만남이었다는 것을 말해 준다.

또한 두 번째 혼례를 통해서는 정수경이 살인범 누명을 쓰고 죽게 되는 위기를 겪는데, 이는 어떤 여인을 만나 혼인하는지에 따라 잘 사는 운명을 얻을 수도 있으나 죽을 운명에 이를 수도 있음을 보여 준다. 정수경이 두 명의 여인과 반복해서 만나고 헤어지는 과정을 보면, 처음에 자신을 죽음으로 몰고 간 여인을 최종적으로 아내로 만나고, 두 번째 정수경이 죽을 수도 있는 위기를 겪게 한 여인은 스스로 죽음을 맞으면서 처음 자신을 죽을 위기로 보낸 여인이 구원의 손길을 보낸 것이다. 이를 보면, 정수경이 보쌈을 당해 죽을 뻔한 상황에서 만난 여인도 운명이고, 살인 누명을 쓰게 된

고전소설과 운명 이야기

만남도 운명이었으며, 죽을 위기에서 도움을 준 여인을 만난 것도 운명이었다는 이야기로 정리해 볼 수 있겠다.

이는 한글박물관 소장 필사본 〈정수정전〉의 말미에 나오는 등장인물의 말과 서술을 통해서도 생각해 볼 수 있다.

> (가) 낭지 심즁의 싱각ᄒ되 낭군을 쥭엿닷가 다시 살녀 낭군을 슘엇시니 상부할 슈를 도익ᄒ엿도다 ᄒ고 질검을 이긔지 못ᄒ더라(한글박물관본 〈정수정전〉, 39-40장)

> (나) 참판니 고왈 쳐암의 보쌈의 드러갓다가 쳔힝으로 스러난 말슴이며 등과ᄒ 후 김의정의 여아와 셩혼ᄒ여 쳣날밤의 불칙ᄒ 변을 당ᄒ 말슴이며 칠삭을 옥즁의 고힝ᄒ던 말슴을 낫낫치 고달ᄒ니 부인니 딕경딕희 왈 내 쇼져 아니던들 죽을 번ᄒ엿도다(한글박물관본 〈정수정전〉, 41장)

(가)는 정수경과 세 번째 혼인한 소저가 모든 일을 알게 된 후 스스로 기뻐하며 생각한 것이고, (나)는 정수경이 모친을 뵙고 그 사이에 있었던 일을 고하자 모친이 며느리에 대해 그 공로를 칭찬한 말이다. 이러한 서술을 통해 정수경

에게 일어난 일들이 소저의 도액과 관련되어 있었다는 것, 이 모든 일의 진행 과정에서 소저의 공이 컸다는 것을 확인시켜 주고 있다. 이러한 정수경의 일에 대해 장안에 〈시원가〉라는 동요가 있었다 하면서 〈정수경전〉의 후반부에 제시되고 있다.

잇째(此時) 장안(長安)에 동요(童搖)가(歌)가 잇스니 일홈(名)은 시훤게라 기(其) 가(歌)에 왈(曰)

시원 상쾌(爽快)ᄒ다 신통(神通)ᄒ고 긔특(奇特)ᄒ다 이 말은 뎡수경(鄭壽景)의 칠직로다

김(金) 소져(小姐)의 힝실(行實)이여 만 번 죽어 맛당ᄒ다

빅황죽(白黃竹)의 방탕(放蕩)이여 능지쳐참 면ᄒᆯ쇼냐

김(金) 정승(政丞)의 얼골이여 붓그러올 쏜 미안(未安)토다

조졍(朝庭) 빅관(百官) 무엇ᄒ리 소져(小姐) 일인(一人) 당(當)ᄒᆯ쇼냐

홈곡관에 밍샹군은 둙의 쇼릭 한마디로 싱환고국(生還故國)ᄒ엿스니 긘들 아니 시원ᄒ며

계명산(雞鳴山) 츄야월(秋夜月)에 쟝ᄌᆞ방 옥통쇼릭(玉簫聲) 십문딕병(十萬大兵) 헷쳣스니(散) 근들 아니 시원ᄒ며

한픽공이 룡쥰룡안 ᄒ고 삼쳑쟝검(三尺) 쟝검(長劍) 닛ᄭᅳ

러셔 초픽왕(楚霸王)을 업시 ᄒ엿스니 근들 아니 시원ᄒ며

안히 무안을 보던 쇼진이ᄂ 뉵국(六國) 졔후(諸侯) 들니여셔 뉵국(六國) 졍승(政丞) 닌(印)을 둘너 ᄎ고 금의(錦衣)로 환향(還鄉)ᄒ엿스니 근들 아니 시원ᄒ며

틔우 듀 발이 손을 버려 여룩여ᄉ 버혀니여 북 군듕(軍中)에 호령(呼令)ᄒ니 근들 아니 시원ᄒ며

흔림 두의 칼을 비러 역신 왕망을 버혀 노코 한국조를 회복ᄒ니 근들 아니 시원ᄒ며

당나라 젹에 곽ᄌ의ᄂ 의병을 초모ᄒ야 역신안국 ᄒ엿스니 근들 아니 시원ᄒ며

송나라 젹 악 장군(將軍)은 호왕(胡王)을 일합(一合)의 흔 칼노 버혀 니치시니 근들 아니 시원홀가

동요들 ᄒ고 지니가더라(한성서관본 〈졍수경젼〉, 42-43쪽)


위에서 보듯이 이 〈시원가〉는 〈정수경전〉의 전체 서사 중 핵심이 되는 사건에 대해 시원하다는 소감을 작품 중 노래로 삽입하여 표현하는 기능을 한다. 흥미로운 것은 이본에 따라 〈시원가〉의 내용에 차이가 있다는 것이다.


각셜 잇ᄯᅥ 장안의 동요 잇스니 일홈은 시왼가라 그 노릭예 ᄒ엿스되

시원ᄒ고 샹쾌ᄒ다 뎡 참판의 일이로다

신명ᄒ고 긔특ᄒ다 니 쇼져의 지감이여 만고의 드물도다

부졍ᄒ다 김 쇼져의 힝실이여 만번 죽어 맛당토다

불칙ᄒ다 빅황죽의 죄상이여 능지쳐참 면할숀냐

무안ᄒ다 김의졍이여 삭탈관직 붓글럽다

만죠빅관 무엇할고 일기 여ᄌ 니 쇼져를 당할숀냐

계명산 츄야월의 장ᄌ방의 옥통쇼로 팔쳔 병을 헛텃신들
이의셔 더할숀냐

융쥰 용안 한 고죠의 젹쇼금을 잇ᄉ러 쵸픽왕을 버엿신들
이의셔 더할숀냐

안이의 무렴보던 쇼진니 산동 육국을 달ᄂ여 육국 샹닌 허
리예 빗기 ᄎ고 금의환향ᄒ엿신들 이의셔 더할숀야

한광무의 용금 비러 역젹 왕딩을 버혓신들 이의셔 더할숀냐

쵸한 명장 흔신니 회음셩ᄒ 표모의 밥을 어더 먹고 낙시질
ᄒ다가 일뒤 명장 되엿신들 이의셔 더할숀냐

샹쾌ᄒ고 시원ᄒ기 칭냥 업다 ᄒ더라(한글박물관본 〈정수
정전〉, 35-36장)


앞서 본 한성서관본 〈정수경전〉과 한글박물관본 〈정수정
전〉의 내용을 비교해 보면, 한성서관본에 비해 한글박물관

고전소설과 운명 이야기

본에서는 이 소저에 대한 칭송이 부가되어 있음을 알 수 있다. 그리고 한성서관본과 한글박물관본에서 정수경과 관련된 이야기에 대해서는 대체로 동일한 지점에서 비슷한 평가를 보이고 있다. 예를 들어, 정수경의 일에 대해서는 시원하고 기특하다 하고 김 소저에 대해서는 만 번 죽어도 마땅하다거나 부정하다 하고, 백황죽에 대해서는 능지처참을 면할 수 없다 하고, 김 정승에 대해서는 부끄럽다 하고, 조정 백관들은 일개 여자 이 소저를 당하지 못하였다고 한탄한다. 이러한 정수경과 관련된 핵심 서사에 대해 평을 한 다음 시적 화자들이 알고 있는 역사적 사실이나 이야기를 들어 시원한 느낌을 부연하여 강조하고 있다.

이렇게 〈정수경전〉에서 운명 이야기는 정수경이 겪는 세 번의 죽을 위기에서 만나는 두 여인과 관련되어 전개된다. 한성서관본 〈정수경전〉처럼 죽을 위기가 네 번으로 나오기도 하지만 정수경이 두 번째 점을 본 후 세 번의 죽을 위기가 올 것이라는 예언과, 그에 대한 방책으로 누런 색깔로 대나무 하나를 그린 그림을 받는다는 것, 그리고 세 번의 위기와 극복이 실현되는 과정은 여타의 이본에서도 공통적으로 나타난다. 이는 〈정수경전〉의 핵심 서사가 이러한 운명 이야기의 전개와 관련됨을 말해 준다.

◈ 운명에 대한 태도

〈정수경전〉속 운명 이야기가 설화와 다른 것은 소설 주인공 정수경은 점쟁이에게 들은 자신의 죽을 위기를 단순히 점쟁이의 말에 의존하여 극복하는 것이 아니라는 것이다. 앞서 다양한 운명 이야기들을 살피면서 보았듯이, 설화의 주인공들은 점쟁이에게 받은 비법을 그대로 충실히 이행하여 위기를 극복한다. 그런데 소설 주인공 정수경은 가장 이겨내기 어려운 마지막 위기에 대한 방책만을 받는다. 그 앞의 위기들은 정수경의 판단과 선택에 의해 극복되고 있는 것이다. 이는 〈정수경전〉이라는 소설 작품에 운명 이야기가 수용되면서 단지 점쟁이의 예언이 실현되는 서사가 아니라 소설 속 주인공이 세계와 갈등하며 투쟁하는 서사로 만들어졌음을 보여준다.

운명에 대한 태도라는 측면에서 정수경이라는 인물을 바라보면, 정수경은 서사의 진행 과정에서 점쟁이의 예언을 그대로 수용하고 따르는 것처럼 보여 수동적이라 할 수 있다. 그렇지만, 정수경이 과거를 보러 길을 떠나고 자신의 목표를 이루기 위해 포기하지 않는 양상에서 그 확고한 의지와 적극성을 알 수 있다. 이에 〈정수경전〉에서 보여주는 운명에 대

고전소설과 운명 이야기

한 태도는 어떠한 위기라도 정면으로 맞서 대응하는 것이라 볼 수 있다.

이는 다른 한편으로 〈정수경전〉에 점술이라는 매우 비현실적으로 보이는 기제가 작동하는 듯 보이지만, 실제로는 매우 현실적인 양상을 보인다는 것과도 관련지어 볼 수 있다. 달리 말하자면, 〈정수경전〉은 서사 내적으로 신성성과 현실성이 교묘하게 줄다리기를 하는 양상이라 할 수 있다. 점쟁이의 예언과 실현이라는 측면에서 보면 〈정수경전〉은 신성성이 드러나는 작품이라 할 수도 있지만, 그러한 서사적 상황에서 정수경이 자신의 의지로 삶을 꾸려나가고 위기를 극복해 나가는 현실성이 강조된 작품이기도 한 것이다. 앞서도 살펴보았듯이, 정수경은 자신을 기다리고 있는 죽을 위기를 알고서도 길을 돌이키지 않는다. 자신이 목표로 하는 과거 시험 응시를 위해 죽을 위기를 향해 나아가는 것이다.

이러한 정수경의 행동과 운명에 대응하는 방식은 영웅적이라 할 수 있다. 정수경처럼 과감하게 자신에게 닥칠 위기를 맞닥뜨린다면 과거 급제도 하고 훌륭한 여인을 아내로 맞이할 수 있다는 행복한 이야기를 다룬 것이 〈정수경전〉인 것이다. 이런 점에서 모든 종류의 운명 이야기는 독자의 행복에 대한 관심, 성공에 대한 추구 의식에 부응하는 이야기라 할 수 있다. 왜 점을 보는가에 초점을 맞추어 보면, 사람들의 마음에 내재된 불행에 대한 두려움, 그리고 불행을 행운으로 바꾸고자 하는 욕망을 읽을 수 있는 것이다.

이 글에서는 주로 〈정수경전〉을 중심으로 운명 이야기를 다루어 보았지만, 고전소설 작품들 중에 운명 이야기를 수용한 경우들이 많이 발견된다. 운명 이야기를 어느 정도의 단위까지 보는지에 따라 그러한 작품의 범위는 훨씬 더 넓어지기도 한다. 예를 들어, 설화로 향유되던 이야기를 삽화 차원이나 서사적 틀로 수용한 경우도 있지만, 보조 인물의 등장이나 서사의 작은 단위 수준으로 수용할 수 있기 때문이다. 이에 대해서는 다음 과제로 미루어 두기로 한다. 어떠한 유형의 운명 이야기와 관련짓는지, 운명 이야기의 요소를 어떻게 규정하는지에 따라 다양한 고전소설 작품들에서 운명 이야기 수용을 찾을 수 있으리라 기대된다.

고전소설과 운명 이야기

〈참고문헌〉

□ 자료

(교정) 정수경전, 한성서관, 1918.

신랑의 보쌈, 광익서관, 1918.

졍슈경젼 권지단, 단국대 60장.

정수정전, 국립한글박물관.

옥중금낭, 신구서림, 1918.

이상택, 이종묵 역주, 『화산중봉기ㆍ민시영전ㆍ정두경전』, 고
　　　려대학교 민족문화연구원, 2015.


□ 논문 및 저서

황인순, 「추리와 예견의 통합적 구조와 의미 연구 - 황백삼류
　　　설화와 소설〈정수경전〉을 중심으로」, 『리터러시 연
　　　구』 12권 6호, 한국 리터러시 학회, 2021, 561-594쪽.

김광진, 「〈정수경전〉 연구」, 한국교원대학교 석사학위논문,
　　　1994.

김광진, 「점복 설화의 서사적 수용 양상」, 『청람어문학』 10,
　　　청람어문학회, 1993, 38-64쪽.

김근태, 「연명을 위한 탐색이야기의 한 변형-반필석전에 나

타난 구술적 서술원리를 중심으로-」, 『崇實語文』 8, 崇
實語文學會, 1991, 225-289쪽.

김기동, 「非類型 古典小說의 硏究(Ⅱ)」, 『韓國文學硏究』 1, 경
기대학교 한국문학연구소, 1984.

김소영, 「과거 설화의 유형과 의미 연구」, 『문창어문논집』 49,
문창어문학회, 2012, 5-45쪽.

김영혜, 「연명담을 수용한 고소설의 '조력자' 연구」, 한국교원
대학교 대학원 석사학위 논문, 2007.

김일렬, 「〈이진사전〉에 나타난 운명관의 한 양상」, 『논문집』
21, 경북대학교, 1976, 1-11쪽.

김정석, 「〈정수경전〉의 운명 예언과 '기연'」, 『東洋古典硏究』
11, 동양고전학회 1998, 9-35쪽.

김정석, 「활자본 〈史大將傳〉의 「短命譚」 수용과 그 의미」, 『東
洋古典硏究』 8, 東洋古典學會 1997, 121-147쪽.

김정석, 「〈홍연전〉 연구」, 『이우성선생 정년퇴임기념논총』,
여강출판사, 1990, 470-475쪽.

김정애, 「설화 〈부부 동침으로 지킨 명당〉에 나타난 운명 바
꾸기의 문학치료학적 의미 - 영화 〈컨트롤러〉와의 서
사 비교를 통하여」, 『문학치료연구』 37, 한국문학치료
학회, 2015.

김종철, 「서사문학사에서 본 초기소설의 성립문제」, 『고소설
　　　연구논총』, 이수봉회갑기념논총간행위원회, 1988.

김혜미, 「구비 설화 〈과거 길의 죽을 수 세 번〉에 나타난 죽
　　　음의 위기와 청소년기 성주체성 획득의 의미」, 『문화
　　　와 융합』 42, 한국문화융합학회, 2020, 549-573쪽.

김혜미, 「구비 설화 〈삼정승 딸 만나 목숨 구한 총각〉에 나
　　　타난 죽을 운명과 그 극복의 의미」, 『겨레어문학』 62,
　　　겨레어문학회, 2019, 5-30쪽.

류정월, 「〈원천강본풀이〉의 운명관 연구-〈구복여행〉 설화와
　　　대비를 통하여」, 『한국고전연구』 42, 한국고전연구학
　　　회, 2018, 245-271쪽.

박대복, 「액운소설 연구-내용을 중심으로」, 『어문연구』 21권
　　　3호, 한국어문교육연구회, 1993, 415-439쪽.

박성태, 「조선후기 송사소설의 유형과 전개양상 연구」, 성균
　　　관대학교 대학원 박사학위논문, 2005.

박순임, 「고전소설 〈김요문전〉, 〈옥인전〉, 〈옥긔린〉에 대하
　　　여」, 『한국고전문학회 2003년 동계 연구발표회 요지
　　　집』, 2003. 12.

박여범, 「〈정수경전〉의 송사와 의미에 대하여」, 『국어문학』
　　　32, 국어문학회, 1997, 347-365쪽.

박용식, 「복술설화고」, 『겨레어문학』 9 · 10, 건국대국어국문
학연구회, 1985, 115-129쪽.

박진태, 「전조(前兆) 설화의 서사구조와 사고방식」, 『비교민
속학』 46, 비교민속학회, 2011, 511-541쪽.

소인호, 「연명 설화의 연원과 전개 양상 고찰」, 『우리문학연
구』 12, 우리문학회, 1999, 113-125쪽.

방인, 「다산 역학에서 우연성 · 결정론 · 자유의지의 문제」,
『국학연구』 40, 한국국학진흥원, 2019, 255-282쪽.

소인호, 「저승체험담의 서사문학적 전개 : 초기소설과의 관
련 양상을 중심으로」, 『우리문학연구』 27, 우리문학
회, 2009, 103-130쪽.

손지봉, 「韓 · 中 科擧說話 비교 연구」, 『口碑文學硏究』 18, 한
국구비문학회, 2004.

송충기, 「〈정수경전〉 연구」, 국민대학교 교육대학원 석사학
위논문, 2001.

신동흔, 「〈정수경전〉을 통해 본 고전소설의 장면구현방식」,
『애산학보』 12, 애산학회 1992, 143-176쪽.

신상구, 「한국 저승체험담의 서사문학적 전개와 이념적 성향」,
『국제언어문학』 40, 국제언어문학회, 2018, 23-49쪽.

오수정, 「연명 설화 연구」, 한국교원대학교 대학원 석사학위

논문, 2003.

유인선, 「〈명주보월빙〉 연작 연구 : 운명관과 초월계의 성격을
　　　중심으로」, 서울대학교 대학원 박사학위논문, 2021.

윤승준, 「설화를 통해 본 아시아인의 가치관 -‘운명론적 사
　　　고’와 ‘혈연, 가족의 윤리’, ‘강자에 대한 약자의 저항’
　　　을 중심으로-」, 『東洋學』 54, 단국대학교 동양학연구
　　　원, 2013, 21-40쪽.

이강옥, 「야담의 속 이야기와 등장인물의 자기 경험 진술」,
　　　『한국고전문학회』, 古典文學硏究 13, 1998, 207-256쪽.

이강옥, 「야담에 작동하는 운명의 서사적 기제」, 『국어국문
　　　학』 171, 국어국문학회, 2015, 319-351쪽.

이규훈, 「〈전관산전〉에 나타난 ‘다시 찾은 옥새’ 설화의 변용
　　　과 여성 우위 양상의 의미」, 『語文學』 101, 한국어문
　　　학회, 2008, 219-246쪽.

이미현, 「점복(占卜)설화 활용 전통문화 교육방안」, 『동아인
　　　문학』 49, 동아인문학회, 2019.

이상희, 「〈정수경전〉 연구」, 계명대학교 교육대학원 석사학
　　　위논문, 2004.

이석현, 「東洋의 運命論 硏究 : 儒佛道 三敎를 中心으로」, 원
　　　광대학교 대학원 박사학위논문, 2021.

이영수, 「보쌈 구전설화 연구」, 『비교민속학』 69, 비교민속학회, 2019.

이영수, 「저승 설화의 전승 양상에 관한 연구」, 『비교민속학』 33, 비교민속학회, 2007, 535-574쪽.

이영수, 「혼인을 통한 운명의 변역-'삼정승 딸을 얻은 단명소년'형 설화를 중심으로-」, 『비교민속학』 67, 비교민속학회, 2018.

이인경, 「"운명, 복・행복, 공생(共生)"에 관한 담론」, 『문학치료연구』 37, 한국문학치료학회, 2015.

이헌홍, 「〈옥중금낭〉과 〈정수경전〉」, 『어문연구』 41, 어문연구학회, 2003, 173-202쪽.

이헌홍, 「〈정수경전〉 연구-작품구조를 중심으로」, 『문창어문논집』 23, 문창어문학회, 1986, 75-104쪽.

이헌홍, 「〈정수경전〉의 연구사적 반성과 전망」, 『한국민족문화』 19・20, 부산대학교 한국민족문화연구소, 2002, 167-189쪽.

이헌홍, 「〈정수경전〉의 제재적 근원과 소설화의 양상」, 『문창어문논집』 24, 문창어문학회, 1987, 25-39쪽.

이헌홍, 「송사 모티프의 서사적 수용과 그 의미(Ⅱ)」, 『국어국문학』 22, 부산대학교 국어국문학과, 1984, 87-112

고전소설과 운명 이야기

쪽.

이헌홍,「조선조 송사소설 연구」, 부산대학교 대학원 박사학위 논문, 1987.

정규복,「연명 설화고」,『어문논집』11권 1호, 안암어문학회, 1968, 7-21쪽.

정세근,「운명론의 개관과 그 윤리」,『유교사상문화연구』70, 한국유교학회, 2017, 235-256쪽.

정세근,「운명과 운명애 : 위안과 선택의 사이에서」,『대동철학』93, 대동철학회, 2020, 411-430쪽.

정재민,「연명 설화의 변이 양상과 운명 인식」,『구비문학연구』3, 한국구비문학회, 1996.

정재민,「한국 운명 설화에 나타난 운명관 연구」, 서울대학교 대학원 박사학위 논문, 1998.

정재민,『한국 운명 설화 연구』, 제이앤씨, 2009.

조길상,「연명 설화 연구」, 창원대학교 대학원 석사학위 논문, 2004.

조상우,「〈견관산전(全寬算傳)〉研究」, 단국대학교 대학원 석사학위논문, 1995.

조상우,「고소설에 표출된 영웅의 양상과 그 역사적 의미 ─〈최고운전〉, 〈전우치전〉, 〈전관산전〉, 〈일념홍〉,

〈여영웅〉을 중심으로 ─」,『東洋古典研究』71, 동양고
전학회, 2018, 9-40쪽.

조현우,「영웅소설의 운명론과 그 위안 - 자기 확인이 주는
위안의 기능을 중심으로」,『고소설 연구』49, 한국고
소설학회, 2020, 41-74쪽.

조희웅,『고전소설 연구보정』하, 박이정, 2006.

조희웅,『한국설화의 유형연구』, 한국연구원, 1983.

조희웅,『한국고전소설사 큰사전』51, 지식을만드는지식, 2017.

주애경,「〈全寬算傳〉 硏究」,『도솔어문』4, 단국대학교 인문
대학 국어국문학과, 1988, 73-106쪽.

차충환,「〈신랑의 보쌈〉의 성격과 개작 양상에 대한 연구」,
『어문연구』71. 어문연구학회, 2012, 229-258쪽.

최래옥,「저승설화연구」,『국어국문학』 93, 국어국문학회,
1985, 459-462쪽.

최원오,「문학치료학 정립을 위한 방법론적 성찰 ─'운명(運
命)'을 소재로 한 고전 작품을 예로 들어」,『문학치료
연구』14, 한국문학치료학회, 2010, 71-93쪽.

최원오,「문학치료학 정립을 위한 방법론적 성찰 ─'운명(運
命)'을 소재로 한 고전 작품을 예로 들어─」,『문학치
료연구』14, 한국문학치료학회, 2010, 71-93쪽.

하남진, 「〈홍연전〉 연구」, 한국교원대학교 교육대학원 석사
  학위 논문, 2008.

황인순, 「추리와 예견의 통합적 구조와 의미 연구 - 황백삼류
  설화와 소설 〈정수경전〉을 중심으로」, 『리터러시 연
  구』 12권 6호, 한국 리터러시 학회, 2021, 561-594쪽.


표준국어대사전 검색어: 운명

https://ko.dict.naver.com/#/entry/koko/29498bd3c8ce48e
  aa6e3c7f80284356f


두산백과 검색어: 운명

https://terms.naver.com/entry.naver?docId=11307
  40&cid=40942&categoryId=31433


종교학대사전 검색어: 운명

https://terms.naver.com/entry.naver?docId=630544&cid=
  50766&categoryId=50794


한국민속문학사전 검색어: 운명담

https://terms.naver.com/entry.naver?docId=2120313&cid=

50223&categoryId=51051

**한국구비문학대계**

https://gubi.aks.ac.kr

https://yoksa.aks.ac.kr

# 고전소설과 운명 이야기

**초판 인쇄** 2022년 3월 20일
**초판 발행** 2022년 3월 31일

**지 은 이** 서유경
**펴 낸 이** 박찬익

**편 집** 심재진
**디 자 인** 권윤미

**펴 낸 곳** ㈜ 박이정
**주 소** 경기도 하남시 조정대로45 미사센텀비즈 7층 F749호
**전 화** 031-792-1195
**팩 스** 02-928-4683
**홈페이지** www.pjbook.com
**이 메 일** pijbook@naver.com
**제 작** 제삼P&B
**등 록** 2014년 8월 22일 제2020-000029호

ISBN 979-11-5848-688-4 93810

* 책값은 뒤표지에 있습니다.